女も好きなことをして死ねばいい

好きなことをして死んだという人生は
恐ろしくもあり輝いてもいる

曽野綾子

青萠堂

はじめに　最高に贅沢な人生とは、恐ろしくもあり輝いてもいる

私が自分の人生に深く感謝しているのは、私が作家という仕事を通して、本当にしたいことをして生きた（死んだ）人たちに会えたり、その経験や最期を知ることができたりしたことだった、と言っていい。

「好きなことをして死んだ」という人生は、最高に贅沢なものだ。「好きなこと」には放蕩もあるだろうし、賭け事と縁が切れなかった一生もあったかもしれない。しかしそれはやはり、その人にとって濃縮された時間だということで、贅沢な生涯だったのだ。人は他人の心の内を刻々に理解することができないのである。

多くの人は、社会や身内がそれとなく準備した生涯を生きる。幼い時から自分の将来に向けて、敷かれていたレールから脱線する勇気はない。しかし、自分にとって本当に生きたかった生涯は、どこにレールが導かれているのかも本来わからないままだから、恐ろしくもあり輝いてもいるのである。

本書は、著者のこれまでの多くのエッセイから抜粋し、編集したものです。収録に際して新たに著者が一部加筆修正し、刊行しました。その出典は巻末に明示させていただきました。編集部

女も好きなことをして死ねばいい ◈ 目次

1章　いい加減がちょうどいい　13

3章　夫と暮らしてわかること　83

目次

4章　女の側の特権と幸福　127

5章 女性にとって老いを生きるとは？ 167

本文デザイン・ハッシィ
カバーデザイン・熊谷博人
編集協力・福永育子

1章

いい加減がちょうどいい

おかげで自分を善人だと思わないで済んできた

うつ病と不眠症が数年かかって自然に治った時から、私は自然に実際の人生に塗《まみ》れて暮らすようになった。しがらみに引かれることを当然と思い、同時に世間にはどう思われようと、自分の責任の範囲でしたいことをすることにした。

今の私は自然体で生きているような気がする。失敗した時は首をすくめて、人間だからこういうこともあるさと自分に言い聞かせる。怒られたらゴメンナサイと本気で謝り、それでも相手に与えた心の傷は癒えるのに時間がかかるだろうから、ひたすら時が過ぎるのを待つ。しかし心の底には、いいやいいや、そのうちに相手も私も死んじゃうんだから必ず解決する、という思いもないわけではない。

態度は悪いが、こうなれば、うつ病にも不眠症にもならない。つまり私は世の中と自分の不備を、受け入れたのである。

テレビを見ていたら、いじめについての討論の中で、生徒たちが「先生には期待しない」と答えていた。先生やマスコミの一部には、それを最近の人間不信・教師不信の憂うべき徴候だと思う人もいるらしい。生徒の中には「もっと一人一人の生徒の心をよく知ってほしい」などとかわいいことを言っているのもいたので、昔の私を思い出して、「ほんとうにご苦労なしなんだなあ」とほほえましかった。

昔、私が親の暴力を受けて暮らしていた頃、母は私と心中未遂を企てたりしたが、私は学校や先生に私の状況を相談しようなどと思ったことは一度もない。恥ずかしくて言わなかったのではない。私はすばらしい担任の先生にも恵まれたし、修道女の先生たちを深く信頼していたから、個人的な打ち明け話ならいくらでも聞いてもらえた。しかしそんな個人的な悩みを、国家も社会も他人も根本的に理解し解決できるとは私は一度も思わなかったのだ。そしてそれは今でも正しかったと思っている。

もちろん私は一人で生きて来たのではない。私が死ななくて済んだのは、信仰の基盤を与えられたこと、いい先生がたくさんおられ友達にも支えられていたこと、健康だったこと、読んだ本から教えられたことなど、多くの外因がある。しかし人間の悩みは、当人以外の誰にも、基本的には解決できるものではない、という甘くない原則と現実を私は早くから知っていた。

戦後、私たちはたくさんの架空の理想論をおしつけられた。平等、公平、平和など、現実には永遠にあり得ないものなのに、実際に実行可能だと思わせられて来た。

同じ飛行機に同じ運賃を払って乗ったのに、事故があると何故生きる人と死ぬ人が出るのか。こんな不公平はない。

なぜ美しい女性に生まれてタレントになれる人と、そうでない人ができるのか。平等などという発想は誰かが考え出した嘘なのだ。

自然界の保護がしきりに言われるが、動物を撮影した番組を見る度に、生きるということは弱肉強食の力関係に組み入れられ、淘汰の原理を容認することだと知らされる。自然界にはあたかもうるわしい共存と平和が成り立っているかのような環境保護主義者たちの主張と印象づけは欺瞞が多い。自分が生きるために、動物が他の動物を殺す仕組みを見ていると、アフリカの各地で行なわれている部族間の虐殺も当然かなと思えて来るほどだ。人間だからと言って動物的法則の外側にいるわけではないのだから。その抗争の仕組みは、平和などというものとはおよそ無関係な現実的なものだ。

しかしそれは人間が動物と同じ弱肉強食で生きていいということでもない。人間の社会は弱肉強食の原則を、餌を人工的に作り供給することで、お互いが殺し合いをしなくて済むようにした。さらに人間だけが魂というものを持っていたので、他人のために命を捨てるという、動物としては異常な行為さえできるようになり、それを讃えるというこれまた動物にはない判断さえ持てるようになった。

私は戦後の、「もう誰のためにも命を捨てない」という時代の空気の中で、キリスト教が「友のために命を捨てる。これより大きな愛はない」という考え方を貫いて来たことに感銘を受けた。

戦争中、天皇の名の下《もと》に戦って死ぬことを強制されたのと、自発的な自由意志によって友のために命を捧げた人を称揚するのとは、全く意味が違う。

自由意志に基づく人間の行為は、いつの時代でも可能でなければならない。それが自由そのものだ。そして自由意志の結果はまた人々の自由な評価を受けて当然である。

反面、私は卑怯さから私自身はとうてい人のためには命を捨てられないだろう、と思い、そのおかげで自分が善人だとは思わないで済んで来た。

幸福の尺度を見直す

貧しい国では、どんな小さなことでも幸福につながる。今日、お腹が空かなくて済むことだけでも、子供がボールペン一本もらえたことだけでも、輝くような幸福だ。風呂もなく、水が不足している土地では、驟雨《しゅうう》がくれば、腰巻きかパンツ一つになって石鹸をもって外に駆け出す人もいる。そこで一週間ぶりに豪勢な自然のシャワーを使えれば、垢も十分に落ちて心底いい気分になれる。

ずっと昔、人間は一生に皆同じ量だけ幸福と不幸を与えられている、と子供の私に語った人がいた。それが誰だったか私は覚えていないのだが、それが当然と思ったから、その内容だけ覚えているのだろう。

しかし普通の見方で言うと、そんな公平は信じられなかった。或る人は椰子の葉で葺《ふ》いた小屋に住み、或る人は燦然と輝く宮殿に住んで一生を終わる。普通の人間は誰でも宮殿の生活を羨みそうになるが、宮殿の生活には、自由もない。しばしば愛も希薄になる。人間関係は権謀術数にふりまわされる。物質的豊かさと権力は、小屋の生活にはある自由や愛をほとんど与えないのである。

或る人は一生借金に悩み、或る人はとんとん拍子に金を儲けて財産を築く。貧乏をするか、金持ちになるか、は当人の責任の部分もあるが、戦争や病気や偶然など、運としか言いようのない部分がある。

しかし家族で質素な食事を分け合う幸福もあるし、すばらしい食事が用意されていても、家族が憎み合っていて冷え冷えとした無関心しかないとすれば、料理の味など悲しさでわからないだろう。

荒っぽい言い方だが、幸福を感じる能力は、不幸の中でしか養われない。苦労を知らないと、すべてがよくて当たり前で、少しも幸福感と結びつかない。

知人が遊びに来て、その家の子供の中学の友達が、平然と、

「僕は、楽をして、責任がなくて、したいことだけして、お金をうんと賭けられる仕事がいいです」

と言うのだそうだ。

「そんな仕事がこの世にあると思ってるのか、ばか者！」と一喝する大人が、昔はいくらでもいたけれど、今は極めて稀になったのだ。

幸福の多寡《たか》は、個人の感度が決める。鈍感さによって不幸をさして辛いと思わない人は、一見得をしているようにも見えるが、幸福を感じ取る敏感さもないだろうし、幸福も不幸も拡大解釈できる人は、鋭敏過ぎて病気になることもあるだろう。

三十代に不眠症をやった私は、それ以来、いい加減に生きることが大切、と思うよう

になった。自分がその程度の人間だ、と思うと自然に不眠症も治ったのである。

ケータイでやりとりの人生は少しも濃厚にならない

私の家は東京の東横線という私鉄の沿線にあるが、電車のドアからドアまで、七人か八人がけの座席に座っている人たちの四、五人が一斉に「親指姫してる」のを見ると、正直なところうんざりする。そしてはっきり言うと、私は若い時から、彼らほど時間を無駄にしてはこなかったなあ、と思うのである。

三十代後半以後、居眠りをあまりしなくなってから、私は電車の中はもっぱら読書の時間だった。私はそこでどれだけいい本を読んだかわからない。

ケータイは通信手段としては画期的なものだが、使い方を誤ると亡国的な結果を生むだろう。そもそも若い時には、もっともっと時間を惜しまなければならないのである。もちろんぼんやりと心を休ませる時間も大切だ。しかし貴重な青春も長くはなく、人の生涯の有効に使える持ち時間も雑事に追われて長くはない。若い時には、まず寸暇《すんか》を惜しんで、自分を複雑な人間に教育する必要があるだろう。充分に読書をして専門的な知識を身につけ、できるだけ多くの人に出会って、現世にはどれだけ変わったものの見方があるかを体験しなければならない。

ケータイでメールのやりとりをすることが何か大変得がたいことのように言う人がこの頃増えた。それが友情の証だとか、人間と触れ合う機会だとか言う。私はケータイもメールも使わないが、だからといって、親しい友人がないのでもなく、寂しい思いなどしたこともない。むしろメールでべたべたお互いの動静を知り合うなどというのは、慎みに欠けることだと思う。メリハリのある生活というものは、どんな親しい友人との間にも、お互いに知らない部分、一人になる時間を残していることだ。だからこそ、出会って語り合う限りある時間が大切になり、それをフルに活用しようと思うようになる。

ケータイでメールのやりとりをしたり、パソコンでチャットしたりすることは、たぶんはっきり言うと時間潰しなのである。多くの人が言っているように、電話というものは、お互いに同じ場を共有していない。友人と同じ場所にいて、そこで事件に遭えば、友人と私はお互いに相手のために何をするかがはっきりする。逃げ出すことも、庇《かば》うことも、相手を助け出すことも、夢中でするだろう。しかしケータイでメールし合っていても、決して同じ運命を共有していない。人生は少しも濃厚にはならないのである。

ニクマレグチを叩けば、電車の中でメールばかりしていて、少しも活字を読まないような男女にろくな未来はないであろう。単純な理由だ。読む人はそれだけ勉強しており、ケータイにしか興味がない人は、それだけ怠けているからである。平等という観念は、誰にでも同じ状態が与えられることではない。努力した人にはそれだけの報いをすることであり、怠けていた人はそれだけ報われないことが平等なのである。

「恥知らず」は本当は怖い存在

お化け姫は、電車の中で化粧する女である。こういうしつけの悪い行動をする人は、昔は皆無だった。着替えや化粧をする現場は、他人には見えない場所でするのが普通の感覚であった。

それはまともな美学とも関係がある。ほんとうはお化粧をしているのだが、実は素顔も同じくらいきれいだと思わせるのが美女の条件である。「馬子《まご》にも衣装」というのは、よれよれの普段着だとぱっとしない外見でも、晴れ着を着ればそれなりに美しく見えるということだから、化粧をすれば華やかに素顔よりずっと美人に見える人は多い。それでもなお人は装って美しいと思われるより、天性美人、美男に生まれついているほうがいいと思うから、化粧はだいたい見えないところでするのである。

しかし最近はその感覚がだいぶ狂っているようだ。町中の女性たちの髪の色が、決して生まれたままのものでないことが当然になってきた。それにしても金髪は不安定だなあ、と思うことがある。金髪人種とは顔も体も骨格も違うのに、髪だけ染めてもアンバランスになるだけなのだ。

こうした流行が不安定なのは、自分を捨てて、他人になろうという根性が見え透くからである。だから、金髪に染めれば、まずまともな社会では決して出世しないだろう。出世も昇進もしなくてもいいのなら猿まねもすればいい。しかし人間の完成は、その人の個性の上になり立つのが原則だからだ。背の高さ、性格、得意な分野は人一人一人で違うから、その特徴を生かして人間は完成するのである。金髪は、自分を捨てるという姿勢を示すことだから、そういう人物にとうてい責任ある地位を与えることはできないと判断されても仕方がないだろう。そのような愚を世間にさらしながら、自分は運が悪くて世の中でのし上がれなかった、などと不平を言うものではないのである。

つまりこういうお化け姫は「恥知らず」なのだ。恥知らずは怖い存在だ。人間に恥の感覚がなければ、どんなことでも平気でやることができるからだ。実はたいていの人は電車の中で化粧する女の子の変身の経過を見るのは、むしろ好きで、おもしろいなあ、と思って見ている。車中や人前で化粧するな、と一言も教えられなかった親と学校が、本来なら恥じなければならなかったのかもしれない。

読書は精神や魂の肥料

私は作家になって、いくらか人よりお金を儲けた。私は親から一円のお金も相続しなかった。しかし私は自分を育てるためにしたことがある。私は徹底して架空体験などに溺れず、すべていささかの危険を承知で常に実人生の小さな冒険旅行にでかけて行ったのだ。

それともう一つ、私はテレビゲームに使う時間を読書に使った。今では、あまりにも人は精神や魂の肥料である読書をしなくなって、知識も精神もやせ細っているから、私はあえて次のように言いたいのだ。

「金を儲けたかったら、本を読め！」

「出世したかったら、本を読め！」

と。

もっともこんな言い方をしたら「下品な言い方ですなあ。しかしそれくらい直截《ちょくせつ》に言わないと、世間はわからないかもしれませんなあ」と笑った人はいた。

今日からでも遅くない。自分を伸ばすために読書を始めて、そしていつかそのおかげで人生で「出世」できたと思った人は、私に手紙を書いてほしい。もっともその時、私が生きていたらの話だが……。

今は自分自身が何より大切で、社会も他人もそのことを認めて自分の希望を叶えるべきだ、と信じている子供や大人が珍しくない。こういう利己主義者は、個性が強いように見えるが、実は精神もひ弱で、個性も稀薄な、内容のない人物なのである。たった一人、その人らしい強烈な個性を育てたかったら、逆説めくが、他人の存在の真っ只中に常に自分をさらさなければならない。そしてある程度傷つかなければならない。満身《まんしん》創痍《そうい》の人が強く、味わい深くなるのである。

女性は一人遊びの習慣を作るべき

男の兄弟がなかった私は、結婚して息子を持ってから初めて、男たちの遊びは女と違うことを発見した。

女は映画一つ見るにも、お茶を飲みに行くにも、友だちを誘いたがる。一人で芝居を見ても食事をしてもおもしろくない、という。

ところが男たちは、誰がいなかろうと、自分のために、映画を見に行き、酒を飲みに行く。息子は、同じ映画を見るのに、わざわざ父親と別の日を選ぶのがおもしろかった。十代の終わりにもなれば、父親と連れだって歩いているところを友だちに見られたくないのだろうし、映画を見るのが目的であれば、傍《そば》に人がいないほうが集中できるのであろう。

日本の女がある時期まで、ことに一人遊びが下手《へた》だったのは、社会的な背景によるものであった。直接、家庭生活に必要のないことに、家族をおいて一人で出歩くなどというのは、むしろ反社会的なことであったろうし、女がさまざまなことから身を守るためには、常に誰かと一緒のほうが都合がよかった。

しかし、それは本来の意味において少々女性的である。本当にその対象に興味をもてば、一人でうちこむものである。恋愛や、情事を、友だちと連れ立ってする者はいまい。畑をする時、私はたとえ友人といても一人であることを思う。

一人で遊べる習慣を作ることである。

年をとると、友人も一人一人減っていく。いても、どこか体が悪くなったりして、共に遊べる人は減ってしまう。誰はいなくとも、ある日、見知らぬ町を一人で見に行くような孤独に強い人間になっていなければならない。

心の穴を埋める方法

人は生きている限り、自分の内面を充実させて行く。現代の人々は、エステに行って美容に気を使うことはするが、自分の心の内面に開いた空洞や虫食い穴のような欠点や空虚には、あまり恐怖を持っていないようである。私たちは一生かけて死ぬまでに、その空洞を埋めて行くのだ。それは動物としてではなく、立派な人間となって死ぬためである。

どのようにして穴を埋めるかというと、考える、働く、学ぶ、本を読む、体験を積む、深い悲しみと喜びを知る、というような手段を通じてである。エステに行き続けても、年を取らないわけではない。しかし心の空洞を埋められると、もしかすると、心の若さは保てて魅力的な人間でいられるのである。

そのためにはどんな環境が必要か。

私の子供時代と比べても、学ぶ環境は信じられないくらいよくなった。戦前は今ほど本の数も多くはなく、図書館もごくわずかだった。

私は子供の時から強度の近視だったので、いつか失明するのではないか、という恐れを抱き続けていた。四十代に入ってからは、本を読む度に必ず心に触れたところに赤い線を引く癖がついた。電車の中で読むことも多いので、傍線はよれよれになり、本は当時から、どんな古本屋も引き取ってくれないほど汚くなったが、そうしておけば、私の眼が見えなくなった時、誰か代わりの人が、その個所を簡単に発見して音読してくれるだろう、と思ったのである。この方法は今も続いていて、私は原稿に引用した資料を、ほとんどの場合大した苦労もなく見つけることができる。

美容に心を使うのと同様に、習慣的に本を読んでいると、いつのまにか誰と話しても話題には困らなくなる。自分が物知りになるというより、人から話を引き出して教えてもらう共通の場を作ることが自然になる。それが何歳になっても「もてる」秘訣《ひけつ》かもしれない。

人を疑うのは悪いことではない

「心の穴を埋める方法」は、ほとんど私一人で行う行為である。確かに働くということは、森の奥で一人で樹木に立ち向かう「樵《きこり》」のような仕事以外、工場にせよ、事務職にせよ、多くの場合、人といっしょに動くことを意味する。しかし労働の精神的な目的を見いだしたり、仕事に合った日々の生活のテンポを作ったりするのは、あくまで自分一人だけの孤独な作業なのである。

海外で女性が遭遇する被害の典型は、町中で親しげに話しかけてくる土地の男にレイプされるケースである。日本に行った時、日本人によくしてもらった。日本、大好き。その時のお礼をしたい。ごちそうしたい、と言うのだそうだ。

するとと日本人の女性たちは、いとも簡単について行くらしい。どこか安い所でごちそうしてくれる場合もあるが、たいていは自分の家なる場所に連れて行く。そしてそこで突然態度が豹変して乱暴に及ぶ。

ほとんどすべての女性たちが泣き寝入りをするのだが、そのうちの少数が腹を立ててその人のオフィスに何とかしてくださいと訴えにくる。しかしそんな苦情をこちらの都合のいいように土地の警察が素早く処理してくれるわけがない。どうして見知らぬ男を信用してついて行ったのだ、というのが世界的な常識である。すると娘たちは、友達と二人だから大丈夫だと思った、などと言うのだそうだ。

西欧の社会は、ナイフと鍵が常識の世界だ。鍵がなくて済むなどと昔も今も考えたこともなければ、ナイフを持ち歩くのを禁止しようなどという話が出るはずもない社会である。友達と二人連れであろうが、鍵とナイフにどうして立ち向かうのか。

日本人は国内の穏やかな社会に馴れて、人を疑うのは悪いことだ、などと、いい年の大人までが考えている。だから国防を考えることもなければ、外交力によって言うべきことは言い、常に相手との力の均衡も保つだけの度胸と駆け引きもない。さらには相手を徳の力で屈服させるだけの個人的な誠実もない。

人を疑う力がなければ、人を信じることもほんとうにはできない、と私はいつも書いて来たが、昔私の子供の頃、カトリック教会では、ラテン語でミサを唱えていた。九五パーセントは何を言っているのかわからなかったが、中に一箇所「メア・クルパ」という言葉を三回唱えるところがあった。その呪文のような言葉の意味をある日私は尋ね、それは「私の罪」ということだと教えられた。ミサの中のその祈りの場所で、私たちは「おお、我が罪よ」と各人が無言のうちに、自分の醜さを認め、自分を責めたのである。

人を疑い続けた後に、相手が悪人ではないと知った時こそ、人は心からそう唱えただろう。こんなことを言うと日本人は、「じゃ人を疑わずにいれば、罪人にもならないで済むじゃないですか」などと幼稚なことを言う。

人を疑わないで、殺されても、財産を奪われても、国を取られても文句を言わないならそれでいい。しかし世界的にそれは愚か者のすることだとなっている。自分で自分をできるだけ穏やかな方法で防衛することが人間の義務だとすれば、やはり人を疑って、後で「私の罪」として処理する他はないのである。

若い人が〝自由人〟の生き方を捨てている

酒や煙草に縛られなくても、人間は体の健康を失っても、普通の気力ではもう自由人たり得ない。それほど自明なことはないのに、健康の保持ということを少しも理解していない若者が昨今たくさんいる。

彼らは高等教育を受けているのに、食事の栄養バランスということをほとんど考えない。ハンバーガーとコーラ、コンビニの弁当、などで生きている。その理由は簡単だ。彼らの親たちが、既に家でしっかりと作った食事を彼らに食べさせなかったからだ。彼らの親たちが、朝はインスタント・コーヒーだけ、昼は学校給食、夜は冷凍食品をチンしたもの、などで生きて来たから、彼らも家庭の味というものに全く郷愁を持たないのである。

お金があっても貧しい暮らしをしているのが、痩せることのみに情熱をもやしている若い娘たちである。太り過ぎも問題だが、しっかりした体でいなければ、老化は早く来る。三十歳で総入歯、四十歳で皺だらけの皮膚。五十歳で頭頂部の髪がすっかり薄くなり、同時に骨がもろくなってまず背が縮み、日常生活もできないほど骨折しやすくなる、というような未来が待っている筈だ。

その上更に、頭の老化が加わるだろう。アフリカの地方で飢饉《ききん》が起こると、私たちが写真で見るような骨と皮ばかりの子供たちが見られるようになる。初め私の考え方は単純だった。何らかの方策で食物を与え、痩せた分だけ肉をつければ、それで子供たちは生命をつなぎ、悲劇は回避されるのだ、と思ったのである。しかし現地で働く医療関係者によると、一定期間、蛋白質不足の状態に子供を置くと、もはや肉体は生きても、一生知能は成長しないままになるのだ、という。すると貧しい国家と貧しい社会と貧しい家族は、大人になっても働けない人を抱えて生きることになる。もちろん国家が国民の生活を保護することにかけては全く無力という国は多い。その場合、力のない人たちはただ村人の慈悲や、家族の支援で生きる。栄養のかたよりは、生命の長さや肉体の機能以外にも、大きく知能と関係するのである。

私たちは誰でも初めは新車を買ってもらったのだ。若い時の私たちの体は、おろしたての新車、まだ数千キロしか走っていない新車に似ている。しかしその後、どのように使うかによって、五年後十万キロ走ってもいい状態の車でいられるかどうかが決まって来る。故障はすぐなおさなければならない。潮風、火山灰、などにさらしておけば、どこかが早くぼろぼろになるだろう。反対に、一年も車庫にしまったまま使わない車があれば、それも錆びつきの原因になる。

体も同じだろう。適当に食べ、手入れをし、動かなければ、新車があっという間に古びて早々とスクラップになるのと同じ結果になる。

体に故障ができれば、心も自由になるのはむずかしい。病院のベッドに寝ていれば、ひがんだり、自分中心になったり、苛立ちを覚えたりしても当然だと思う。医師の中に、「癌で死ぬのは悪くないですよ」という人がいるのは、癌は死ぬまでの期間、自分で体を動かせない、という日時がそんなに長くはないからだ、という。

一年で三百六十五個の片づけ方

先日二人の子供を放置して家を出て、結局子供たちを死なせた女性のマンションのベランダの光景がテレビに映し出された。今どき、あれくらいの乱雑な家はいくらでもあるのかもしれないが、ベランダはごみ捨て場だった。買って来て食べた後の弁当殻のようなものもあったように思う。食物の残りがこびりついたままの弁当殻は、夏なら腐敗して臭気を発し、やがて人の注意を惹くようになる。これも一つの目立つ理由である。

私も若い時は、結構書斎や台所を、乱雑にしておいたものだった。しかし年を取るに従って乱雑さは、体に応えるようになった。本の上に本が載っかっていると、その下にある目指す本が心理的にも取り出しにくくなる。雑物の間を歩けば、ものに躓《つまず》いて転びそうになる。その結果、狭い居住空間を広くするためにも、ものは少なくしなければならないということがわかって来る。つまり生活は単純でなければならないのだが、そのためには捨てる、並べる、分類する、というような作業が要るのである。このことがわかったのは、加齢によって極めて自然な意識の変化が生じたからである。

ごく最近、或る日私は、古今東西の哲学者も、これほどすばらしいことは考えつかなかったろうと思われるような偉大な智恵を思いついたのだ。それは一日に必ず一個、何かものを捨てれば、一年で三百六十五個の不要なものが片づく、ということだった。これを思いついた私は天才ではないか！　と思ったのだが、まだ誰もホメてくれた人はいない。

「もったいない」の逆の発想

三十年前の自分を考えると、私は決して整理のいい人間ではなかった。本の山の中から自分が必要な本を探し出し、その中の左ページの下段近くに目的の個所がある、というような動物的記憶を自慢していた。

しかしこの頃かなりの片づけ魔になったのは年のせいである。もっともまだ少し雑事も残しているので、棚一段ずつ整理するとそれで「今日の仕事は終わり」にしたくなる。

死が近くなるとケチになるというが、私もごく自然にその気配が見えてきた。守銭奴になったというより、使わないものを置いておくのがもったいない、と感じるようになったのである。そのもの自体の命、それを作った人たち、に、申し訳なくなったのだ。

棚や押し入れの空間もまた私は貴重だと思うようになった。まだ地価の高い東京では棚の面積もばかにならない値段だろうし、それを必要なもので満たせる可能性もまだ残しておかなければならない。新しく買いたい本や食器はどこに置けるか、頭の中で予定を立てる必要もあるのである。

昔、私の母は、風通しということを非常に大切だ、と私に教えた。まだモルタルなどというものは一般的ではなかった時代に、私の家の外壁も典型的な羽目板であった。そのすぐそばに八つ手や南天や万両などの植物が植えてある。それらの植物が伸びて羽目板に触るようになると、母はすぐに自分で枝を払った。家の羽目板と植物との間に風が通らないと、植物と家と両方の健康によくない、というのである。

後年中国やソ連などの社会主義国家を見た時、私は何よりも母の言葉を思い出した。跳ね上がりも出るかもしれないけれど、自由主義は、何より風通しがいい。魂が解放されて自由である。その代わりミノムシの蓑《みの》がないようなもので、危険は自分で負担する部分が多い。

ハンドバッグや靴や服などをとにかく買ってきて、袋から出しもせずに置く人がいるというが、人間の才能は少ないものをどれだけ絢爛《けんらん》と使いうるかということにある、と私は思っている。デザイナーや女優さんやモデルさんには、あんな不思議な調和をよくもまあ、こんなにおもしろく使いこなすものだ、という才能を持っている人が多い。

整理には時間がかかる。時には十年くらい必要かもしれない。もう死ぬまでものを買わない、という人もいるが、日本の国家をうまく経営してもらうには、人間をやっている限り、常にいささかの消費にも協力すべきであろう。旅行もして日本国自体が持つ力を活性化することも義務だと思う。死後遺族が、ものを捨てるのに膨大なエネルギーとお金と時間をかけたという話だらけなので、生きているうちから整理に協力するのが当然だと自然に思うようになった。

人間は誰もが部分的によく、部分的に悪い

相手の立場を考えることくらい誰にでもできます、とおっしゃる方があるかも知れないが、案外そうではない。いっぱしの大人を見ても、相手の身になって物を考えることはてんでできない、という幼児性をもった人物は実に数多いのである。

社会は苛酷なもので、人間関係の殆《ほと》んどは利害の対立する立場におかれる。あらゆる商行為においては、常に一方が損をすれば片方が儲かるという例が殆んどである。そのような対立する人間関係の中で、なぜ、人間は共通のわかり合える要素を持つのであろうか。それは、自分を相手の立場に当てはめて考えてみるからである。

一見どれほど明らかに、一方が正しく、一方が悪いように見える人間関係に於ても、悪をなした側にも、どこかに納得できる部分がある、というのが、私などの考え方である。しかし、私はこの年になって初めて、世の中には、自分と一定の他人だけは全面的に正しく、そうでない人は全面的に悪いのだ、と言い切れる人がかなり多いことに気づいたのである。全面的に良き人間も、全面的に悪い人間も、この世にはまずいないとみてよい。人間は誰もが、部分的によく、部分的に悪いだけである。「ひとのふり見て、我がふりなおせ」などという古い言い方は、この頃はやらなくなったが、誰もが、他人の欠点の中に、自分と同じ要素を見出し得るのである。と同時に、「極悪非道」と言われる人の中にも、どこかに小さく微かに輝いている部分は必らずあるのである。ところが、これを認められない人はいくらでもいる。

限られた一回限りの自分の生の中から、どこ迄他人の生活・他者の心を類推し得るかが、どれだけ複雑により多くの人生を味わい得るか、ということになる。ところが一部の人に言わせれば、この頃の功利的な母親たちは、人生を味わうなんてことはどうでもいい、それによってどういうトクがあるか、だけが問題なのだという。そういう人々に対しては、私は、他人の立場をわかることが出世・商売のこつだし、他人と裁判沙汰になっても勝てますよ、というふうに言わなければいけないのかも知れない。

「成功した人生」とは？

俗に言う「成功した人生」を送れるようになるために、私たちは自分や子供を教育する。しかし実際には「成功した」という言葉そのものが曖昧《あいまい》なので、私たちは論点を間違えてしまうことさえある。

たとえば、総理大臣になることが「成功した人生」だと規定するなら、私は全くこの手の「成功法」を知らない。それは特殊な道だから、多分、大臣や代議士の秘書になって、ノウハウを取って来るしかないのだろう、と思う。

しかし私の考える「成功した人生」は、次の二つのことによって可能である。

一つは生きがいの発見であり、もう一つは自分以外の人間ではなかなか自分の代替えが利かない、という人生でのささやかな地点を見つけることである。

言うまでもなく、この二つはそれぞれに補い合っているもので、完全に二つに分けることはできない。しかしなぜ二つを必要としたかというと、必ずしも自分がそこで必要とされたり、その道の熟練者でなくても、一つのことに深い興味を持ち、それに係《かか》わっていることが楽しくてたまらない、ということはよくあるからである。

私はカトリックの修道院が経営する学校に幼稚園から入れられ、とてもよその学校を受験して受かるという自信も無かったので、実に幼稚園から大学まで、じっと同じ学校にいた。板の上に安住する、というか、しがみついているさまはカマボコを見るようであった。

しかし私はそこで私の人生で最大のものを贈られた。修道女を見たことである。彼女たちの多くは外国人であった。今では少し制度も変わったが、当時彼女たちは、二度と再び生きて故国を見ることもなく、遺体さえも日本の土になることを納得して、日本にやって来たのであった。

彼女たちは生涯をかけて仕事をすることを私に教えたのである。命をかけることは一九四五年の第二次世界大戦の終息以来、悪いことのように思われていたが、そんなことは全くないことを私は目の当たりに見たのであった。

それは彼女たちの信仰が、神がそれをお望みになっているという形で、生涯をかけることを承認したからであった。そして彼女たちにとって「愛する方――神」がお望みになる通りの生を生きることは、つまり最高の生きがいだったのである。そしてそれは「余人をもって代えがたい」ということにもなり、その思いが彼女たちを充《み》たしたのである。つまり出世、蓄財、権勢、栄誉、などを現世で受けることはなくても、彼女たちは光輝くような生きがいに満ちていたのであった。

私は四十代の終わりまで、およそ畑仕事に縁のない人間であった。しかしその頃、視力障害を伴う眼の病気をしたために、本業の小説を書くという仕事が不可能になり、心ならずも土いじりをすることになった。もちろん、私は今でも素人の一人でしかないが、土をいじることが私の生きがいになり得るということがわかったのも、この眼病のおかげである。

要は楽しければ、誰も自分の人生が失敗だとか、虚《むな》しいとか思うことはない。出世を望むのは、出世した状況がいいのではなく、退屈を知らないその過程が羨《うらや》ましいのである。それ故《ゆえ》、社会的に偉大なことなどしなくても、生きがいのあるいい生涯を送ることなど、簡単にできるはずなのである。

幸せの椅子は小さいもの

よく世の中には、夫の地位が上がったり、会社が思わぬ発展を遂げたりすると、急に自分の生活のレベルを上げる人がいる。それが決して仮の状態だとは思わず、生まれてからその時まで自分がどういう暮らしをして来たかも忘れて、すぐぜいたくな環境に自分を馴らしてしまうのである。

しかし本当に人間に必要なものは、そもそも最初から決まっているらしい。どんな大食いで食道楽でも無限に食べられるわけではない。二本の足は一度に一足の靴しかはけない。

私は俗物根性で、今迄世界の王宮、宮殿などという所に行くと、すぐ皇帝や王の個人的な生活を覗きたがった。儀式としての政治を行う場や公的な政務室と言われる場所は別として、その人が個人となった時、本を読んだり、手紙を書いたり、詩を作ったりするのは、どういう部屋なのだろう、といつも興味があったのである。

その結果わかったのは、皇帝や王がプライベートな時間を過ごすのは、いつも小さな部屋だということであった。望めば大広間の玉座に机を据えてもらうことのできる人たちである。しかし皇帝や王といえども、そういうことは望まないのであった。

公的な空間というものは、どれもむしろ残酷で非人間的な場所であった。それは「その人がその人になることを許さない場所」「肩書なしの個人に戻ることを考えていない空間」であった。王の椅子、いわゆる玉座というものは、原則としてその前に立つだけで、そこに腰かけないものだ、という。疲れたらお座りなさい、というのが、椅子の機能である。しかし皇帝や王には、椅子は権威の象徴になるだけで、決して疲れを癒《いや》してくれるものとはなり得ないのであった。

私の幸せは、私が望めば、自分が自分らしく、必要にして充分なだけ持っていれば、それで誰からも非難されないことであった。身分や立場を考えて、大きな椅子に座らなければならない、ということもなく、お金がないために椅子がなくて地べたに座っていなければならない、ということもなかった。椅子は、自分の目的、身丈、好みの重さ軽さなどに只合っているだけでよかったのだ。

幸せは求めると同時に与える義務を負う

求めるという行為ほどむずかしいものはない。皮肉にも、求める行為は、必ず与えるという反対の行為が伴わなければ現実として完結しないからである。

赤ん坊がお乳を欲しがるように、私たちは基本的に求めなくては生存が成り立たない。飲み水食べ物、暑さ寒さを防ぐ衣服と住居、さらに心が幸福になる会話や読書などを、私たちは求めている。

これらの一つさえも満足に与えられていない難民たちは世界にたくさんいるのである。しかし人間は求めているだけでは、生活すら成り立たない。赤ん坊の時は求めるだけでいいのだ。しかし大人になるということは、求めて受けると同時に、与える力を持つことなのである。つまり求めることと、与えることとは、一つの行為と言っていい。

衣服の裏表も一体となって初めて役目を果たす。保温性、ファッション性、機能性など、表だけでも裏だけでも成り立たない。

しかしこの与えるという行為の持つ重要性を、戦後の日本は子供たちに教えなかった。昔の子供は、うちへ帰れば、妹や弟の面倒を見るのが普通だった。弟をおんぶしながら水汲みやご飯炊きをさせられた子もいるし、遊びに行くことを許された時でも、妹をしょったまま、縄跳びをしたり同級生と竹藪の中を走り回って遊ぶ子もいた。総じてそういう状況が、しっかりした人間を創った。

自分らしい一生を送るために進路を決めて勉強をする場合も、求める心が強くなければできない。人任《ひとまか》せで自分の一生のデザインはできない。「私を幸福にして」と言う人がいるが、皮肉なことに幸福は与えられるものではなく自分で求めて取って来るものなのだし、同時に人に与える義務も負っているのである。

2章 正しい生き方をしなくてよかった

一人娘の教育法

私は一人娘だったので、私の母は、私をできるだけ早く、一人で生きられる人間にしようとしていた。

私は小学校の三、四年の頃には、もうガスでも薪《まき》でも御飯が炊けたし、お手洗いの掃除もできた。下着も自分で洗った。当時はまだ洗濯機などない時代だから、もちろん手洗いである。

小学校の六年生から中学の一年くらいの時、私は当時、私の家が持っていた熱海《あたみ》の山の上の家に、一人で荷物を取りに行かされたこともあった。疎開してあった物の何かが必要になったからで、母は私にそこへ一人で泊まって、翌日或る荷物を持って帰ってくるように、と命じたのだった。

私は空き家に一人で入らねばならなかった。誰かが潜んでいるような気もして怖いし、お手洗いの中にはコオロギやカマドウマの不気味な死骸《しがい》も散らかっている。それを片づけるのもぞっとするような仕事だった。夕暮れになると、私は一人で台所の外で、薪で御飯を炊いた。おかずは何を作ったのだろう。火の始末をし雨戸を閉める。松林を渡る風が吹き、二階へは恐ろしくて行けなかった。

翌日は戸締り、火の用心をきちんと確かめてから、今の子供なら持ったことがないと思うほどの荷物をリュックサックに背負って家を出た。帰りに空襲に遭えば、私は身を守るために一人で知恵を働かせるほかはなかった。

母は少し株を持っていた。と言っても電気とかガスとか製鉄とかいう、郵便貯金とあまり変わらないような手堅い株ばかりであった。その株に関する手続きを私は中学生の時からさせられていた。増資の払込、名義書換え、配当金の用紙を銀行に持っていくこと、すべて私の仕事だった。だから後年私は「株なんて、中学の時からやってましたから」と言って、皆を驚かしたが、そんなふうにしてせっかく早くから教育を受けた株の売買で儲《もう》ける才能と情熱は、あまり私の身にはつかなかった。

怖い、とか、できない、とか言ってはいけないのだ、と私は自分に言い聞かせた。生きるということは、それらのことと戦うことである。

私がフェミニズムを意識したとしたら、その時である。天性女性に備わっていない才能というものも幾らかはある。重量上げとか、相撲などの能力である。しかしそれ以外のことは、すべて男がやることなら、女もやらなければならない。

今でも私はしばしば「そんなこと怖いわ」とか「僕はとてもそういうことに耐えられませんね」とかいう言葉を聞く。もちろん人はさまざまな個人の歴史や体質を考慮して、自分の行動を決める。そして無理はしない方がいいという原則も明らかである。

しかし「怖い」とか「耐えられない」とか言う人は、それなりの狭い範囲の体験しかできない、と思うようになった。専業奥さんか、フェミニズムなどとは全く無関係の立場にいる人なら「そんなこと怖いわ」と尻込《しりご》みしてみせるのもかわいい。しかし男と同じ待遇を要求するような仕事をしている女なら、「怖い」とか「できない」とか口が腐ってても言ってはいけない、というのが私の感じであった。男と同じ能力があることを女がみせれば、待遇改善をわめかなくても、いつかは自然に待遇も男と同等になる。それが、自由経済の原則である。

私の母は、私をかわいがってくれもしたし、私を鍛えてもくれた。私はそれを深く感謝している。

人生は同じ状況が決して続かない

すべての現状は長続きしない。

子供の私が学んだのは昔からそのことばかりだった。私がもし父母を病気で失っていたら、そのことから私は、幸福な家庭が一夜のうちに瓦解する苦しみを実感として学んだことだろう。幸いなことに、私の両親は長生きしてくれたし、私は一人っ子だったので兄姉を失うという悲しみも体験しなくて済んだ。しかし私が十歳の時に始まり、十三歳の時に終わった大東亜戦争が、私に現世の儚さを味わわせてくれた。最近では大東亜戦争という呼び方をしてはいけないという。どうしてだろう。あの当時に子供時代を生きた者は、それ以外の言葉であの戦争を体験していない。日本がアジアへの侵略を計ったことも本当だろうが、度重なるヨーロッパの進出と植民地化から、アジア諸国を解き放つ、という大東亜共栄圏の思想があったことも決して嘘ではなかったのだ。どちらかに百パーセントという話は、むしろ必ず嘘である。人生は不純だから、温かくおもしろいのだ。

個人的な不幸に代わって、大東亜戦争が子供の私にすべてを味わわせてくれた。米軍の空襲によって家が一夜のうちに焼け、家族が焼死する、という地獄から我が家はまぬがれたが、隣家が焼夷弾の直撃を受けて燃えるのを強風下に見ていたし、同じ夜、叔父と従弟も焼死した。私の知人の(と言っても私より十歳くらい年上の)青年たちは、次々と戦場へ出て行って二度と帰らなかった。戦争の始まる前には、私の家には僅かな資産があるということになっていて、戦争中に父が直腸癌を患った時も、これで現役を引いても何とか一家は細々と暮らして行けるだろう、という計算が出来ていた。

しかし敗戦によって日本経済のあらゆる機構は「ご破算」になった。旧円を新円と切り換える時に、「交換停止《モラトリアム》」という制度ができ、預貯金の引き出しができなくなった。財産税というものも払って我が家も人並みに貧しくなったが、私はそれよりも、子供心に何も買うものがなかった事を記憶している。私は背丈が伸びて新しいオーバーが欲しくなっていたが、もちろんウールの生地などどこにも売っていなかったので、母は我が家の応接間にかかっていたビロードのカーテンを取って、それでオーバーを作ってもらうようにしてくれた。それでも私は、そのオーバーをずいぶんぜいたくできれいなものだ、と思い込んでいた。今にして思えば、私は子供で貧乏もぜいたくも共に身についていなかったし、私の性格の中にかなりひどい状態の中でもそれをおもしろがる、という不まじめさがあったので、それが幸いしたのだ、と思う。

戦後の物資不足は、いわゆる「闇屋」の活躍の場を作った。私の従兄の一人は大学の実験室からグリセリンをちょっと失敬し、自分の継母の鏡台から貴重品の香水を少し盗んで怪しげな化粧クリームを作って売った。彼は好きな女ができて同棲すると金に困ったので、電線からじかに不法な電気を引き、それで風呂を沸かして暮らしていた。私はそれを後年、「東電から盗電していた」と言っているが、どうして彼が感電して死ななかったのか不思議議であった。当時を知らない方たちのために敢えて附言すれば、こうした違法行為のすべては、社会に秩序が戻ると共に消えたのである。私の知人たちはすべてノーマルな人たちだったから、まともな職に就くようになれば決して闇の生き方はしなかった。つまり人間は生きるためには何でもやるが、生活ができるようになれば、彼らはきちんと社会のルールに従う人物になったのである。

戦争がいいものだった、とする理由はどこを探してもない。しかし戦争によって学んだことはある。それは世相は常ならずということだった。平和ももろい。生命の継続も偶然の幸運の結果である。家族のつながりも一時の夢かも知れない。個人の健康など、常に風前の灯である。

だから、私は今まで、常に最悪の事態を想定して生きて来た。子供の時は最愛の母を失うことを、結婚して家庭を持ってからはたった一人生き残ってしまうことを、何か契約をすれば相手が詐欺師であることを、そして何かを買えばそれが偽物であることを、いつも考え続けて来たのである。

その続きとして当然、自分の死を考えることも含まれていた。それは私にとっては大変日常的な行為で、少しも異常なことではなく、しかも他の、もしかすると起こらないで済むような予測とは違うのだから、私にとっては効果的な行為のように思えたのである。だからもう初老と言ってもいいような年齢になっても、「自分の死のことなど考えたこともない」とか、「そろそろ死について考えねばならないと思っている」などという人に会うと、私は正直なところ、この人は、死はいつでも年齢に関係なく、人に取りつくということを考えないのだろうか、と奇妙な気がしたものであった。

もちろんまだ間近でもない死を思うというのは損なことだ、という人もいる。ろくでもない将来を思うことは損なことだ、という考えも確かにあるだろう。しかし自分の身に起きなかったことを、あたかも起きたかの如くふるまえるのが俳優であり、あたかも起きたかの如く感じる訓練を積むのが小説家というものなのである。

同じ「信じない態度を貫く」にしても、未来を信じないのと現在を信じない、のとがある。同じ「現在を信じない」という姿勢にしても、現在のいい状態を信じないのと、現在の悪い状態を信じないのと、二種類の心理的傾向がある。

私は、現在の悪い状況は深く心に刻みつけるというやり方で信じ、現在のいい状況は、いつ取り上げられてしまうかも知れないこの世の幻として、あまり信じない癖をつけた。それは単なる幸運と思うことにして、深く信じたり、それを当然のことと思ったり、いつ迄も続く、と期待したりしないことにしたのである。

生きることは厳しいという教育

私の母が私を道連れに自殺しようとしたのは、私が小学校高学年の時である。私は今でも母が死のうとした理由を正確には言えない。母といえども他人である。しかし母が死ぬほど結婚生活がいやだったということだけは確かであった。

今の私は態度が悪いから、死ななくても、さっさと離婚すればよかったのに、などと思う。父が意地悪をして、離婚すると言えば母に一円のお金もくれない。母は食べられないからガマンして結婚生活を続けていたのだ、といくら説明しても、今の人は「スーパーでバイトしたら?」「生活保護があるじゃないの」と言う。スーパーも生活保護も当時はなかったのである。もっとも当時はあって今はないものに乞食という生き方があった。橋の上や駅の構内に座って、罐詰《かんづめ》の空き缶に小銭を恵んでもらう人たちである。

私のほうが明らかに母より強いと思うのは、私は母と違って乞食ができる。母はそんなことをするより死んだほうがましだと思ったのに対して、私はそれを途方もない異常なこととか、みじめなこととか考えないだろう、と思える。

母が自殺を思い留まったのは、私が泣いて「生きていたい」と言ったからである。母は本気で死ぬつもりだったのかどうかもわからない。本気なら、その時までに、刃物で私を刺していたろうとも思うからだ。

私は大きくなってからもずっと、自殺の道連れになりそうになった体験など、すべての人にあるのだろうと思い込んでいた。そんな経験がない人が多いのに驚いたというのが、私の愚かさで、今では笑いの種である。

今日の結論は、教育的に見て、私の両親はいい人たちだったということだ。私に生きることは厳しくて辛いことだと心底教えてくれたからだ。今日では、そんないい教育はほとんどの人が受けられない。

「世の中ろくでもない」が私の諦観

小さい頃のことを思い出すと、私は不思議な気分になる。私は世の中の立派なこと、雄々しいことにも影響を受けたが、卑怯なこと、哀しいことからもそれ以上に激しく学んだのであった。

とりわけ父母の結婚生活が決して幸福なものでなく、自分の家庭を安らぎの場所とは思えなかったことからも、私は多くのことを教えられたのである。もし私が仲のいい夫婦の子供だったら、私は恐らく人生を今の半分しか味わう能力を持たせて貰えなかったような気がする。仲のいい親も子供に多くのものを与えることはまちがいないが、おもしろいことに不和な親も、それなりにすさまじい教育を子供になし得るのである。皮肉ではなく、私の親は普通の親たちが子供にとうてい与えられないだけの厳しい人生を私に見せてくれた。これはどんなに感謝してもし切れないことであろう。私は本当に幸運であったと思う。

一般的な言い方をすれば、私は親たちの暮しを見て、人間の生涯というものはどう考えてもろくなものではなさそうだ、と考えたのであった。そしてその時以来、私は何事にも一歩引き下って不信の念をもって見られる癖がついたのである。すると人間のどの生活にも哀しい面があることがわかった。それだからこそあちらもこちらも許し、許さねばならないのだと思うようになった。私は今でもしばしば自分が狭量であることにぶつかるが、これでも私の持って生まれた性格から見れば、ずっと寛大になったのである。

世の中をろくでもない所だと思えばこそ、私は初めから何ごとも諦められるという技術を身につけた。それは少なくとも、私にかなりの自由と勇気を与えてくれた。人間の苦悩の多くは、人間としての可能性の範囲をこえた執着を持つ所から始まるのかも知れないとも思った。

私はトラウマをどう切り抜けたか

トラウマは、社会的に手助けをして治してあげなければならない、という社会の動きはすばらしい進歩だと思う。しかし同時に個人としては、大きいものか、小さいものかは別として、誰でもがトラウマを持っているのだから、かつての野良犬か野良猫のように、一人で傷をなめて再生する覚悟をもつことも必要な気はしている。自分の受けた不幸だけが最大のものだと思うより、自分も人並みな傷を受けたのだから、多分人並みに立ち直れる、と思う方が希望があるような気もするのである。（中略）

誰でもトラウマがあると言った以上、私のトラウマにも触れなければならないのだろうが、私のトラウマもたぶん人並みな程度である。両親が不仲だったので、私は毎日家で心休まる時がなかった。でもそのおかげで人の心理を読むことが少し早くなり、小説家になった。小説家なんて心はいびつな人がなるものなのである。

東京が激しい空襲を受けた時には、私は死に結びつく直撃弾が、至近距離に落ちる直前にはどういう音を立てるか知ってしまった。十三歳の時である。初めての空襲は平気だったが、二度目の激しい空襲の時は、数秒間の死の予告がいつやって来るかと恐れて、私は軽い砲弾恐怖症にかかったらしい。泣いてばかりいて口をきかなくなった私に手を焼いた、と後年母は語った。しかしそれも持ち前のいい加減さですぐ治った。

私の育った家のような庶民の家庭では、子供の心理を特に重視するような空気は全くなかったけれど、私はすべてのことを、何でもこの程度のことは普通によくあるものだろう、と考えることにして、自分だけが悲劇の主人公だと思うことは、恥ずかしいからやめよう、と考えていた。万事人並み、という感じ方はすばらしく自由で温かい感じがした。

そうやって私も自分のトラウマをどうやら切り抜けてきたのだろうが、その結果、私の心の深層の気づかないところに傷が残ったとしても、今となっては、自分自身では意識しない方が幸福だ、と認識するようになっている。精神の歪みは誰にでもあることだろう。私の友人たちは、私のいびつな心をそれなりに許してくれたし、あの戦争の頃に比べれば、心の傷の癒し方、ごまかし方も、たくさん選べるようになっている。若い人は別として、殊に私のような老年は、肉体と同様、心も死ぬまで何とか平静に近い状態を保てればいいのである。

むしろ最近のように、社会的なケヤーが充実して来ると、次の危機が現れそうだ。つまり、組織的なケヤーがないと、自分のトラウマは治らない、と思いこむことである。

もちろん傷口はきれいに治る方がいい。

つくづくそう思うのは、私は四十八歳の頃、ストレス病だといわれる中心性網膜炎に両眼をやられた。これは眼の湿性肋膜炎のようなものだそうで、網膜の炎症がきれいに治らないとひっつれが残って、ものが歪んで見えるような後遺症が残る。

もともと性格が歪んでいる上に、眼の画像まで歪んだらもっと始末に悪いと思って、私は今まで五十年に近い作家生活の中でその時初めて、六本の連載の休載を許してもらった。その上で、最近の医学の発達のおかげで、眼球に直接ステロイドの注射を打つという治療法が効いて、私の中心性網膜炎は実にきれいに治った。もっともその後で、その時のステロイドが影響してか、若年性の後極白内障が急速に進んで視力がどんどん落ち、数年の休筆が続いた。しかしそれも後から考えてみると、私にとっては、すばらしい休暇であり、考えるための時間であった。

深く悩まないことが楽観主義

傷はきれいに治せたらいいのだ。しかし視力と違って、心の傷は少々歪んで治っても、それを意識していさえすれば、その人の特徴として使うこともできる。

私は若い頃、楽観主義を強く嫌悪《けんお》していたような気がする。私はアメリカとの戦争の最中に育ったので、命の危険や、空腹や、頭に虱《しらみ》がたかる生活環境の悪さや、もっと広《こう》範《はん》な貧乏を経験としてよく知っていた。

備《そな》えていなくては安全もない。

「アリとキリギリス」の寓話《ぐうわ》のように、夏の間に食料を溜《た》め込んでいなければ、冬に空腹に苦しむのは当然だ。備えなければ自滅《じめつ》しても仕方がないのではないか、と生活の厳しさに面と向かうことや、自助努力の力を頭から肯定していたのである。

もちろん体が弱かったり、運が悪かったりして働こうにも働けない人もいる。しかしそうじて単純な楽観主義者は始末が悪い。

最近生活保護を受けている人は多いが、働ける間に貯蓄せずに、老齢になってから国民の税金を使って暮らすのは甘えだ、と批判する人々も増えて来たのである。

私は一方で、自分で計画し努力を続ければ、必ずことは成る、と信じる気持ちも好きではなくなっていた。

人間の生き方には、俗に運というものが必ずつきまとっている。努力半分、運半分というところだろうか。

この運というものが、実は神の意志だと思うことが私には多くなって来たのである。失敗した、運が悪かった、とその時は思っても、失敗には意味も教訓も深くこめられていたことが後になってわかることが多い。

その過程を意識して、人生の流れの半分に作用する自助努力はフルに使い、自分の力の及ばない半分の運、つまり神の意志にも耳を傾けて、結果的には深く悩まないことが私の楽観主義だと思うようになって来た。

神さまに、半分の責任を押しつけて、それを教訓と思えれば、それもまた楽しいことなのである。

人を見るとすぐ悪く考える習性

私は、世間は真実を知らないのに知ったふりをするのにびっくりした。それは同時に私も人のことは知らないはずだ、という自戒に結びついた。だから私は世の中の風評を決して信じず、噂話にもできるだけ加わらず、人の評伝も以後決して書かないことにした。

幼時にこういう歪んだ生活をすると、必ず心に傷が残り、円満な人格にならない、という説に私は全面的に賛成である。私はまだ刑務所に入ったこともなく、あまり暴力的ではないと思うけれど、それは子供の時に、暴力の破壊力に恐れをなしたからである。

だから私は結婚後も、夫婦喧嘩はよくしたが、腹を立てて障子を破ったりお皿を割ったりしたことはない。私はもう子供の時の生活にこりごりしたのだ。人間ができているわけではないから、家の中で口喧嘩ひとつせずにもいられないが、根が食いしん坊だから、食事時間になれば穏やかに食べたい。ましてや夜だけは誰にも妨げられず、朝まで安心してゆっくり眠らせてもらいたい。昔の母と私は、罰として眠らせてもらえないことがあったから、それだけでもこのうえない平安であった。

犯罪はまだ犯していなくても、根性は確実に曲がっていると思っている。学校の先生でなくてよかった。教会の女性牧師さんでなくてよかった。由緒ある宿屋の女将《おかみ》さんでなくてよかった、と思うと、私は運命に感謝せずにいられない。こうした職種は、正しく、穏やかに、円満に、優雅に、何事にも耐えて、心のほころびなど見せてはならない立場である。

しかし私はそうはいかない。傷だらけだった心は一応治ってはいるのだが、心理の醜いケロイドは残っているはずだから、人はちらちらとそれに気づくであろう。

その証拠に、私は人を見るとすぐ悪く考える習性が残っていた。穏やかそうな顔をしているけれど、家では厳しい人なのではないだろうか。お金持ちらしいことを言ってはいるけれど、こういう人こそ借金だらけかもしれない。犬を可愛がっていて、犬の話をすると目尻が下がるけれど、世の中には犬には優しくても人には全く優しくない人というのもけっこういるものだ、などと思うのだ。

「悪評」があると楽に生きられる

私はいろいろなことを諦めたが、中でも割と早くから、人に正当に理解されることを諦めたのである。つまり社会が、或る人を正しく理解し、その当然の結果として、公平かつ平等に報いる、などということは、言葉の上ではあるかもしれないが、実際問題としてはほとんどあり得ないことだということを、別に誰にも習わなかったが、ほとんど本能的に知ったのである。私は、決して自分に与えられた処遇を不満に思って、こういう判断をするようになったのではない。私はむしろ何度もよい方に過大評価されもしたのである。

人は誰でも、時に過大評価され、時に過小評価される。いたし方ないのだろう。もちろん過大評価された部分が多い人と、過小評価された部分が多い人とあって、その差が現世では利益上大きな違いになる、とは言える。

しかしたとえそうであっても、それは私の責任ではない。私が誤解したのではなく、誤解したのは他人であり世間なのだから、私たちはできれば訂正し、後はくすぐったい思いを忘れなければいいのである。

自分に責任のないことについて、日本人はよく謝っておくということをするが、それはむしろ、言いくるめておけばいい、という相手に対する無礼な態度であり、人から悪く思われるような損なことはしない、という計算から出た行為だと思う。自分の責任でないことは別に謝る必要はないのである。

人は他人のことを、正確に理解することはできない。これは、宿命に近いものである。

だから人間は、正義や公平や平等を求めはするが、その完成を見ることは現世ではほとんどない。それを一々怒るような幼い人になると、一生それだけで人生を見失うのである。

このことは決して、私になげやりな態度を取らせもしなかった。おもしろいことに、世間中が、勘違いをするということもなくて、私には常に私を理解してくれる友人がいたから、彼らか彼女たちのうちの数人は、事情をわかってくれているということがよくあった。また私が何か説明しようとすると、夫が「はっとけ」と言うこともあった。

彼の論理によると、人間、いい評判など立てられると、とにかく肩が凝ってしかたがない。それに、いい評判というのは、とかく少しの努力を怠るとくずれがちなものだからでもある。しかし「善評」に比べて「悪評」は安定のいいものだ。「善評」はそれを保ち続けるのに、すさまじい努力がいる。いつもよく気をつけ、気前よくし、決して荒い言葉を吐かず、徹底して慎ましくし、寝る時間を惜しんでも人のために尽くす。そのような努力を、少しでも減らすと、途端に人は悪口を言い始める。

しかし「悪評」は保ちがよく、安定している。ちょっとやそっとのことでは、その評判が変化したりはしない。世間は、悪評のある人物には最初から期待しないから、その人は無理をしなくて済む。そして少しいいことをすると、運がよければ意外に思ってもらえたりもする。だから、どちらかと言うと悪評のある人の方が、当人は楽に生きられる。

「女はよくばり」はどこにあらわれるか

女というものは、私の見る限り実によくばりである。社会的にも認められる仕事で自分も満足できるものを、と望む。結婚の相手を選ぶ時、社会的にも決して損にならない相手と恋愛して結婚したい、という正直な娘さんにいつか会ったことがある。損にならない相手に純粋な愛を持つことは、実にむずかしい。打算が容易に好意に変わるからである。しかし純粋な愛は打算ではない。社会的な評価の通りに自分の生涯を規定して行くことが、満足感になり得るという人も多い。しかし、他人の評価をそのまま自分の好みとしようとすると、いつかそこに無理が出てくるのも本当である。

子供のためによかれと思ってしているといいながら、実は子供の人生を、親の挫折した心の救済のために使おうとしている例はかなりある。お父さんがうだつの上らない小役人だったから、子供は官吏の世界で大物に、と願うのは、決して子供のためではないのである。

親が子供に対して、決して常に無私の愛情を注いでいるとはいえない。しかし私は、親は子供を自分の救済のために使っても悪くはないと思っている。子供を乞食に出してその金で酒をくらっている親というのは、決して親としていい親ではないのだろうが、子供のためという言葉にすり換えて、自分のエゴイズムを正当化するこうかつな親よりもはるかに正直で安心できる。

何を望むか、とこまかく考えて行けば恐ろしくて何も望めなくなるものだが、それでも親というものは野放図に、始末の悪い無邪気さと恐れのなさで、子供の教育の目標というものを簡単にうち立てるのである。その横暴な圧制をかなり平気で強いているのが、我々親たちの本当の姿だと思ってさしつかえない。

子供に愛される親とは

近頃の親たちは子供をはっきりと叱らない。子供が恐怖を感じるように叱らない。そしてその穏やかさをいいと信じている。子供が失敗を体験する前に、それを防いでやるから、子供は自分の身を守る本能や知恵を開発することができない。

しかし子供が良質の恐怖を知らなかったら、どうなるのだろう。そしてその恐怖を与える人は、他人でもなく、専制君主でもなく、親が一番無難なのである。

子供の病気の幾つかは、心理病だと言われる。親に優しくかまってもらいたい病気もあれば、親に叱ってもらいたい病気もある。子供は同輩や大人と真剣勝負で付き合いたいのだ。子供同士、引っ掻《か》いたり、押したり、砂をかけたりすることで、心がバランスよくなることを知っている。

親も自分と真剣にぶつかってくれることが彼らは好きだ。だめな時には「いけません」と怒鳴る親であり、反面自分の冒険を許してくれる親である。なぜなら冒険に成功すれば、自信を持てるのは子供自身なのである。

今の親や先輩や教師は、いったい何をやって来たのだろう。彼らは子供からよく思われることだけを念願して、鍛えもせず、怒りもしなかった。それはあたかも求愛する人と似ていた。

とにかくその人に悪く思われなければいい、という姿勢で尻尾《しっぽ》をふってごきげんをとる。すると相手はますますいい気になる。おもしろいことに、いい気になると人間は要求が大きくなり、自制心を失うから、不機嫌になる。

現代は、親子が近親相姦《そうかん》のように不健全になりかけている。子供の人気を得るために、親はほとんど子供に逆らわない。親は子供に求愛し続けるのである。子供に悪く思われないためなら、どんな要求でものむ。

毅然《きぜん》として、嫌われても何しても、取るべき態度を取る、という姿勢は、政治にも家庭にも少なくなった。それが実は、愛から離れ、憎悪の道を辿《たど》るものだということは、明らかなのに、である。

若い母親が陥る「パーフェクトな子育て」

子供が生まれるということは、確かに大変なできごとで、親はその厳粛《げんしゅく》さに目のくらむような思いになるのである。たいていの娘（既に妻にはなっているわけだが）にとっては、自分が一つの生命の管理責任者になるというのは、初めてのことなので、何とかしてその任務を立派に果たしたいと願って、過度の緊張に陥ってしまう。

その一つのタイプは、子供を理想的な状態の中で育てようとする人である。授乳時間、消毒法、情操面の刺激のしかたなど、さまざまな面で、育児書に書いてある通り寸分たがわぬようにしようとするのである。

これは表向きにいえば確かに、子供に対する愛から発したものである。いいと言われることは全部やりたいという「親心」である。しかし親心といえども、決して純ではない。そのように「理想的」な育児法を守ることによって、彼女は、自分が他人よりもはるかに優れた母親であることを立証したいのである。

或る若い夫人がいた。夫は父親の経営する会社に勤めていた。金も人手もある家だから、この女《ひと》は初めての男の子を、完璧なやり方で育てようとした。

私たちの素朴な家庭では、次に述べるような状態は起きっこないのだが、この家ではまず看護婦を一人やとった。育児室は病院の隔離室のようにして、そこへは祖父母といえども、やたらには入らせなかった。まず、手をアルコール綿で拭かせ、マスクをかけさせた。消毒とマスクをしさえすれば、いつでも入って孫の顔を眺めていいというのではなかった。赤ん坊の睡眠時間を守り、授乳の時には赤ん坊の気を散らさないために、面会時間を作った。入浴、日光浴、すべて時間通り一日として狂わせることはなかった。

私はこの話を数年後に聞いた時うろたえてしまった。この若夫人は金と人手をかけて、わざわざ子供を神経症にしたてるべく全力をあげている、という感じであった。

「それで、子供に悪影響は出ていないんですか？」

と私は尋ねた。

「大してね。ただ小さい時から、自分のうちの車にしか乗ったことがないもんで、タクシーは汚くていやだというそうですよ」

それくらいならまだよかった、と私は感じた。

もし赤ん坊が、いやそれに続く幼児期が完全に理想的な状況においてのみ、用意されたとしよう。赤ん坊は五分と遅れることなく、清潔な食事を、静かな環境の中で与えられることに馴れるわけである。

確かにそれは、もしそのような状態が一生続くとしたら、願わしいものであろう。食器も食物もこの上なく清潔にとり扱われているから、子供は悪性の下痢や食中毒にかかることなど、まずなくて済む。時間がきっちり決まっていれば、子供が大きな情緒の変化に左右されるような社会的な生活を営む年になるまでは、まず消化吸収のテンポが決まり通りに行われるであろう。しかし、子供の情緒の中にはやがて社会性が入るようになるし、心配で物も喉に通らない、という状態にもなろうし、はしゃいで他人につられて普段の倍もの量を食べたくなるということもあるわけである。そうなると、一定時間に一定量を、ということは、もはやそのことじたいが理想的状況でも何でもなく、不自然になって来る。

静かな環境ということも又、或る意味では問題である。私たちは原則として静かさを求めている。それはまず何より刺激性が少ないし、音がないに等しいということは、これから自分の好む音をそこに創り出して行ける、という可能性を与えられていることでもある。私はどちらかというと食卓ではお喋りするのが好きなので、余計な音楽はないほうがいいのだが、音楽好きの知人の中には、夕食の時にいい音楽がないと、画龍点睛《がりょうてんせい》を欠くという人もいる。乳牛に音楽を聞かせると乳の出がよくなるというし、空港の近くでジェット機の騒音にさらされていると、鶏が卵を生まなくなることもあるというから、音は生き物の感情生活に、大きな影響を与えるらしい。

もし赤ん坊なり子供なりが、静かな所でしか暮したことがないとしたら（こんなことは庶民の生活ではありえないことだから、まあ心配いらない、と言われればそれまでだが）その子は、あらゆる刺激に極端に耐えにくくなっているのである。

人間にとって「退屈」は必要である

新聞に十五歳の少女が、一冊の本を読み終えた喜びを投書していた。今まで本の嫌いな性格で、一冊も読み終えたことがない、という。この少女の成長を喜ぶことにはやぶさかではないが、正直に言って驚きも隠せないし、信じられない思いである。

時代の差は大きいと思うが、十五歳まで一冊の本も読み通さなかった子供というのは、どういう暮しをして来たのだろう。

今さら、本について考えるわけでもないが、夫は小学校三年生の時に『坊ちゃん』を読んだという。『吾輩は猫である』を読んだのは小学校六年生の時で、それがおもしろかったので、この作品に影響を与えたという説のある『牡猫ムルの人生観』というのを読んだが、これは「クソおもしろくもない」という記憶しか残っていないという。十四歳の時に、字引をひきひきジーン・ウェブスターの『ディヤー・エミネー』という『あしながおじさん』の続編を読んだそうな。

私の場合は、家庭がちょっと歪《ゆが》んでいて、いつもひりひり神経を尖《とが》らせていたから、空想や別の世界で気持ちを慰める必要があった。小学校の高学年には、試験の前に、菊池寛の『真珠夫人』を母に隠して読み、吉田絃二郎やツルゲネフにうっとりした。

私の息子の場合は、当人ではないから推測に過ぎないが、親の私から見ると、退屈したから読んだとしか思えない。

私のうちでは、息子が小学生の間ずっとテレビがなかったから、彼は、いつも退屈していた。

人間にとって退屈というものは実に必要である。退屈すると人間は良からぬことも考えるし、時には崇高なことも考える。少なくとも、退屈紛らしの本は読むようになる。

息子は、セックスに興味を持つようになると、親が何も答えないので百科辞典でその項目を読み、それから、マンガに熱中した。水木しげるさんの初期のものからずっと読んでいて、高校の時には「水木しげる論」を学校新聞の読書レポート欄に書いた。

孫の読書の習慣をつけたのは息子夫婦だが、彼らは、孫をやはり退屈な場所——たとえば発掘中の遺跡など——子供には大しておもしろくもない土地へごく幼い時から連れて行った。

それらの土地は、暑かったり、不潔だったり、飛行機が遅れたり、宿が汚かったりした。子供が遊ぶ施設は何もない。息子夫婦は自分の子供に数冊の本を当てがって、「本でも読んでなさい」と言った。

単純な原理なのである。他におもしろいものがないから、孫は仕方なく本を読む癖がついたのである。

よその家庭の事情は他人にわかることではないが、本だけは親が読んでいると、子供も真似《まね》をして読むようになる例が多いような気がする。

先日、亡《な》くなった夫の父の最後の頃、世話をしてくれた女性がひさしぶりに訪ねて来てくれた。その人が今お世話をしている老人は、目が覚めている限り、いつもカタカタ何か音のするものを鳴らしているという。その音が付き添う者の神経をまいらせる。

「その点、ここのおじいちゃまはよかったですねえ。本を渡すと、二、三時間はページをめくって見ていらっしゃいましたもの」

舅《しゅうと》はイタリア語の学者であった。私が最後に舅に買って帰った外国土産も、イタリア語の雑誌だった。もっとも私はイタリア語が読めないのだから、ローマの空港で挿絵で推測していい加減に買ったものである。

炬燵《こたつ》に当たりながら、ずり落ちた眼鏡をかけて雑誌を読む義父に、夫は、「ジイちゃん。これどういう意味？」

などと時々イジワルに単語のテストをすることもあった。するとテレビで見ている野球の勝ち負けさえわからなくなっていた舅は、少しごまかしながら、単語の意味だけは言うこともあったが、長い文意を摑《つか》むことはできなくなっていた。しかしそれでも、人生の最後まで活字を離さなかった義父の姿は、私の家らしい光景として、舅からみると曾孫《ひまご》に当たる私の孫にも話してやりたいと思う。本を読む習慣は年とっても始末がいいものだという発見もあった。

今の人たちは、気の毒な点がある。テレビがあり、遊ぶ所がさまざまある。家族でリクリエーションをするのが当たり前だと思っている。子供は退屈する暇がないから、退屈がもたらす輝くような自然な反応を体験することもできない。

お金は自由になる一つの道具である

人間の幸福は、究極のところでは決してお金では完全に解決しない。人間を最終的に充たすものは、あらゆる矛盾に満ちた複雑な人間的な要素なのである。

しかしそれ以前に、お金で解決できる部分はある。

昔知人に、嫁が何にもしてくれない、と文句ばかり言っている女性がいた。中年を過ぎかけた頃から、その人は膝が悪くなって、外出するときには荷物の重さが身に応える、と言っていた。嫁は最近、自動車の免許を取った。それなのに、決して「お姑《かあ》さま、お送りしましょうか」とは言わない、というのが、不満の原因なのである。

私からみると、お嫁さんは家庭教師のようなことをしていて、専業主婦とは言いがたい。結構忙しいのである。だから姑の外出の時間に合わせて、自家用車の運転手を務めるということもなかなかできない。一方、姑はかなり倹約家で、少々の小金もある人なのに、膝が痛くて荷物が持てないのならタクシーに乗るということを決してしない。

外出の時、いささかのお金を払って、いつでも誰でも頼めるタクシーに乗りさえすれば、痛みに耐えたり、そのために気持ちの平静を失うこともなくて済む。その結果、家族が対立して憎しみの心を持つこともなく、楽しいことだけに心を使っていられる。こんな方法があるとは、何とありがたいことだろう、と思えばいいのに、この一家は不満だらけである。

自由というものは、戦いや非常時には実現できないという制約がある。自由は、平和と密接な関係にあり、その平和を実現するには、国家間の平和だけでなく、個人的生活を守る多様な手段が必要だ。人間の弱さを認識すれば、弱さを補強してやる幾つかの手段を考えておくことも謙虚な方法である。健康もお金もその一つの道具であることはまちがいない。そのための経済的独立を考えない人は思い上がっている。義務も怠っている。そして結果的には、決して自由になれないのである。

錨《いかり》のない船が自由なのではない

いつから日本人は、自分の身に起きたすべてのことを人の責任にするようになったのだろう。最終的には、自分の進路を決定するのは、その人である。今の日本では、納税と就学くらいしか強制されているものはない。就学に関しても、義務教育を拒否して、自分の子供を全く日本政府の思惑の届かないところで教育した人を私は数人知っている。しかしだからと言って、親が刑務所に入ったという話も聞かない。

法に触れない限り、私たちは何でもできるのだ。だからその結果は、事故や犯罪に巻き込まれるか、国家の主権の範囲内での政治的制度の怠りや放置によって起きる被害、を受けたのでない限り、その人の責任だと言わざるを得ない。

選択の自由は結果の責任を生む。選択においては自由にできることを要求し、結果だけは他者が責任を取れ、という理屈はどこにもない。

地球人、という発想はおよそ無責任な、現実離れした夢物語である。現在国家の範《はん》疇《ちゅう》に入らずに生きている人は、亡命者だけである。しかしその亡命者も、どこかの国家の庇護の下に生きる道を与えられているのが現状だ。

地球人なら、どこからでも薬を買える。六十六歳の女性は知人がインターネットで薬を購入したのを分けてもらった可能性もあるらしい。これこそまさに地球人的購買方法で、インターネットもホームページも持っていない私にはできない芸当である。しかし国家を超えた方法でものを買えば、どこの国も安全を保証しないことも同時に承認しなければならない。

その場合、地球政府があれば、代わって薬の安全基準を決め、監視するだろうというのだろうが、地球政府などというものが、広大なこの地球の各地で行われることに対して、見張ったり責任を取ったりできるものかどうか、考えてみたことがあるのだろうか。

それに加えて、政治家たちはどこでも汚職を繰り返す。地球国家になっても同じだろう。性欲と物欲から逃れられる人は、政治家にはほとんどいないか、そういう人は政治家になどならないように見える。（中略）汚職という病気は、思想も、党も、選ばない。あらゆる政治家がむしばまれる感染症のように見える。

むしろ、私たちは、国家、地域社会、信仰、自分の哲学などに、自ら納得してしっかりと縛られた時に、却って舫《もや》い綱の長さだけほんとうの自由を得るのである。錨《いかり》のない船は流されるだけで、決して自分の意志を示す方向に自由に行ける、ということにはならない。人間は万能ではないから、大きく流されないように、自分に自ら錨（規範）をつけ、その上で細部に途方もなく自由な選択を許されることを目論むのである。

3章

夫と暮らしてわかること

結婚「しめしめ」の発想

結婚して何年か経った時――と言っても古い昔のことだが――夫は「ボク、自分が一番有能だと思ってるの。他の人は全部僕より無能だから、期待してない」と嬉しそうな顔で言った。つまり私が無知だったり、ドジだったりしても、別にショックを受けることはない、という宣言である。

こういうことを配偶者に言われると、ひどく傷つく人もいるらしいけれど、私は「しめしめ」と思う性格だった。むしろ相手が私に大きな期待をし、それを私が叶えられないと叱られるような生活だけはしたくないから、ばかにされている方がどんなに気楽かしれなかったのである。

こういう言葉を聞くと、女性に対する侮辱だと感じ、「よくそんな失礼な言い方を聞き流しているわね」と怒る人の方が現代では多い、ということもよく知っている。しかしそれぞれの家庭には多分に「それなりに歪んだ」解決方法があるのだから、それを許してもらう他はないのである。

夫がこう言うのは、しかし他人を本気でばかにしているのではない。夫は一応物知りだと人には言われるが、それでも芸能やスポーツになると、子供に笑われるような無知をさらけ出す。ばかにされるのも人間にとってはまた楽しいことを知っているのである。

（中略）

女房をばかだと思って期待しなければ、女房に腹を立てることもない。大事なことはすべて自分でやらなきゃ、と覚悟をするから、いらいらもしないのである。うまく行けば、ぼけ防止にもなるかもしれない。

友人に関しても本気ではなく仮に、いろいろな姿勢でものを考えることが大切だ、と私は思うことにしている。よくあの人は自分を利用している、とか、あの人は忘恩的だとか言って怒る人がいる。しかし初めから、あの人は自分を利用しようと思っている、いい時だけ利用して後はけろりと世話になったことを忘れる性格なのだ、と思ってしまったらどうだろう。

それでも嬉しいことに或る時、その人が急に思いついたのであっても、曽野綾子は使える、と思ってもらえたのだ。だから私はできることをすればいい。長年の友というものはそういうものだろう。

忘恩的ということに関しては、私自身がかなりその傾向を持っている。普段から昔のご恩を忘れずに常にお便りをしようなどと思っても、とてもそういう気力も体力もない。だから人のことを悪く言えない。忘恩的心理状態でいる人は、大体において元気で隆盛な時が多いのだから、こちらとしては相手が順調であることをよかったなあ、とただ喜んでいればいいのだ。病気になったり不幸に見舞われたりすると、人間は必ず長らく繋がりのなかった人まで思い出すものである。

私はもちろんこうした人間関係しか私の周囲にはない、などと言っているのではない。私の多くの知人は浅ましいどころか、深く人のことを考えている人がほとんどである。私たちが仮に何かしてあげられることがあるとしたら、礼儀正しくそれを覚えている人ばかりだ。私のほうがいい加減で、世話になってもお礼を言うのを忘れたり、気持ちにはあっても平気でごぶさたしたりしている。

しかし夫のこういう「無礼風」な精神のおかげで、私は他人に怒ることが年々減って来た。お世話になったら「しめしめ」、少しこちらが相手のために何かをできたらこれも「しめしめ」という感じなのである。

人は何かを相手のためにすることがもしあるとすれば、道楽か酔狂でするのがいいのである。そしてそれをした理由は、道楽か酔狂以上のものではなかったということを、しかと自分で自覚しているのがいい。

だから、子供や若者の基礎的教育の場合は別として、大人は、自分の道楽と酔狂で生きるべきなのだ。もちろんことの責任は、当人がすべて引き受けねばならない。しかし道楽と酔狂でする気にならないのなら、どんなこともするのは止めた方がいいのである。

しかし今の時代の困るところは、道楽と酔狂を止める理由はたくさん社会が用意してくれているが、道楽と酔狂を認めたり、時には勧めたりする空気や追い風は、ほとんど吹かないということだ。

道楽と酔狂を制止する鍵はいくらでもある。人権に反する、とか、平等と公平にそぐわない、とか、それは個人の責任ではなく政府のやることだ、とか、一人の命は地球よりも重いのだから決して命を賭けてはいけない、とか、戦後教育が民主教育としてうたって来たほとんどのルールは、この二つの抑えがたい情熱の抑止力として働いて来たのである。

しかし人間は本来、可能性としてはそうではない。個性は強烈な悪でもあり、善でもあった。いや、同時に悪であり善でもありえた。しかし今では悪でも善でもない生き方

ばかりが市民権を得ている。（中略）

いいか悪いか、世間の顔色をうかがわなくてもいいのだ。深く自分が執着することをすればいい。

一番よくないのは好き嫌いがよくわかっていないことだ。道楽と酔狂があって、社会の常識を大きく犯さなければ、どんな生き方もおもしろいのである。

「夫婦別姓論」に思うこと

夫婦同姓の是非が、以前、世間の論議の的になったことがある。

正直なところ、私はこの問題だけはどちらでもいいのである。夫婦の問題は、形式ではなく、心の実態が大切だ。要するに男女が、相手と死ぬまでいっしょに生きていってもいいかどうかを考えることだから、名前など二の次だという感覚である。死ぬまでなどと書くと、皮肉屋はそんなにほれ込む相手なんているもんですかな、と言うだろうが、つまりは馴れが気楽でそうなるのである。法的な夫でない人を、この頃はパートナーと言うのだそうだが、そのパートナーを取り替えるのもだんだんめんどうという気分になってくる。この滑稽で少しもすてきでない怠惰な気分が、夫婦のつながりというものだろう、と私は思っている。

私の家は、私がペンネームで小説家としての仕事を始めてしまったので、自然に夫婦別姓風の暮らし方になった。夫の三浦朱門という名前はいかにもペンネーム臭いのだが、実は本名である。東大の赤門の意味ですか、と聞かれる度にうんざりした時代があったそうだが、彼の父はイタリア文学を学んだダンテの『神曲』の翻訳者でもあった。朱門は聖書のシモン・ペテロから取ったらしいが、父は無政府主義者だったのである。「キリストは世界初の無政府主義者だった」という考え方だそうだ。

私の十代は、父に小説を書くことを反対された。これは極めて常識的な親心と言うべきだろう。当時、小説を書こうとするような人間は、社会の脱落者だと思われていた。小説を書くような男には、娘を嫁にやりたくない。作家など貧乏に決まっているから家も貸したくない。おまけにもしかすると肺病病みじゃないか、などというあらゆる差別がつきまとっていた時代のことを、今は誰も知らないし、信じないのである。

私の出た大学もアメリカ人の学長が小説家などという「いやしい職業」（そうはっきり

言葉に出して言ったわけではないが）に就くことを認めなかった。学生だけが応募できるという小説の募集があって、それに応募するには在籍証明書が要る。私が大学にもらいに行くと、係のシスターは「何のために使うのですか、税金のためですか」と聞き、私が新人小説の賞に応募したいのだと言うと「そういうことのためには証明書を発行できません」と断った。

しかし貶められた立場というものは、案外安定がいいものなのだ。そういう悪評の中で、その職業を選ぼうとする人は、覚悟ができている。私は世間通りのいい職業だから、小説家を選んだのではなかった。どんなにばかにされようと、私は小説を書くことがひたすら好きだったから、その道を選んだのである。

学生小説に応募することは諦めたが、私は自分の名前が同人雑誌に印刷されて、何かのおりに父の眼に触れることを恐れた。ペンネームを使えば、たとえ雑誌が居間のこたつの上に放り出されていても、知らん顔をしていられる。私の旧姓は「町田」でその発音はなかなかむずかしかった。電話で名乗ると「松田」か「増田」によく間違えられた。それで私は「あのう、そのう」という逡巡する言葉の一つを取ってペンネームにした。

結果的には、夫婦が別姓であることは便利だった。「三浦さんですか」と電話がかかって来ても、二人がミウラで仕事をしていたら大変だ。しかし最初から「三浦さん」「曽野さん」と区別してくれる方が事務的に早く済む。

昔から自由が丘に住んでいた上坂冬子さんが2009年の四月に亡くなって、私たちは穴の開いたような寂しさを感じているが、その上坂さんが、或る時、近所の知り合いのお巡りさんと私たちの話が出たと言った。

「何かね。二人は駆け落ちして同棲しとるということかね」

と、お巡りさんは言ったというので、私たちは大喜びだった。駆け落ちするということは、すばらしくロマンチックなことだったからだ。

別姓だろうが同姓だろうが、収入の点において「別あり」を厳しく要求したのは、税務署である。私たちの場合、夫がいくら、妻がいくらの収入があったかを、厳密に別にしておかねばならない。ドンブリ勘定を許さないのは、さすがに税務署であった。

或る時、私はお金がなくて期日までに税金を払えないことがあった。それで私は夫に借りた。もちろん次の原稿料が入ってきた時、ちゃんと返すつもりだった。

「一時的に夫にお金を借りたので解決しました」と税務署の人に言うと、係の人は、それは夫から贈与を受けたことと見なされるからいけない、と言ったのだという。すると私はきっとなって相手に言い返したらしいのだ。私はほとんど忘れていた話なのだが、夫が覚えていて笑うのである。

「それでは、あなたは私に、夫以外の男からお金を借りろとおっしゃるんですか」

と私は言ったらしい。まあ、小説家の意識なんてそんなものだ。

私は次第に世界のことを知るようになったが、夫婦別姓の文化は意外と多い。韓国も中国も別姓だ。「同姓娶《めと》らず」のルールもまだ残っている。

アラブも別姓だが、これは名前のつけ方の違いである。一般にセム族の名前のつけ方は、通常姓がなくて、その個人の名だけである。英語で言う「ギヴン・ネーム（与えられた名前）」「ファースト・ネーム」だけである。つまりメリーとかジェームスとかいう、姓名のうちの名だけである。イエスは、当時ヨシュアとかイェホシュアとか呼ばれていた平凡な名前だが、もともとの名字に当たるものをセム系の人々はつける習慣がない。それでも聖書は、イエスの家系を長々と示すことでその正統性を示そうとする。

こうした習慣は今でもアラブ世界では普通だ。アラブ人は自分の名、父の名、祖父の名、曽祖父の名、と続けて書いていって、自分の血統がいかに古くまで遡れるか、一族の女たちが決してみだらではなく、私生児を産むような不名誉なことはしなかったことを示す。アラブ人にとって大切なのは、まず縦の血統によって示される名誉である。アラブ諸国に入国する時、我々外国人も、父の名だけでなく、祖父の名も書かされることが多い。

現在の日本では、婚姻届けをすれば、どちらかの姓を名乗ることになる。世間にはそうして夫婦が一つの姓を名乗ることで、父母と子供が同じ姓のもとに一つの連帯感を抱くという人もいるが、私は名よりも、血が濃いという感じで、別に同姓である必要はさして感じない。

それより、親たちが必ず家で食事を作り、親子夫婦がいっしょに食べる習慣の方が大切だ。

妻を褒《ほ》める国と褒めない国

作家としての私は、人間の性格が同じであることを喜ぶより、むしろ違いを楽しみ、違ってこそ東北アジアの繁栄も安全も成り立つのではないか、と考えている。

それはアメリカ人やヨーロッパ人などがもっぱら人前で妻を褒めるのに対して、韓国人や台湾人の中には日本人と同じように「愚妻（愚かな女）」と表現する精神を貫いて妻を褒めることをほとんどしない人もいるということである。（中略）

夫婦の繋がりは、どこの国でも同じであろう。日本でも多くの年取った夫たちが、妻に先立たれると生命力を失ってしまう例が報告されている。或いは一人で暮していても、かつて妻がしていた家事をすると、あたかも妻が傍にいてくれるように感じることがある、と述懐した夫もいる。

日本の男たちの多くは、自分でお茶さえも入れられない人が多いから、妻を亡くすと生きていられなくなる人が多いらしいが、やはり向き合ってお茶を飲み、話をする気楽な相手がいなくなったことが辛いのである。夫婦の繋がりは深い。

しかしそれでも日本の男たちは妻をあまり褒めない。「家内は非常に美しい女性で」とか、「家内は立派な政治家です」とか、「家内は昔から秀才でしたから」とかまじめに褒めた日本人に、私はまだ会ったことがない。

日本の夫たちは、妻のことを言う時、必ず強情で、スタイルが悪くて、もの知らずで、おっちょこちょいで、おしゃべりで、根性が悪い、という話し方をする。それを聞いている他の男たちは、それに同調もせず否定もせずに笑い、そして心の中では「ああこのうちは、夫婦仲がうまくいっているんだな」と思うのである。

どうしてアメリカ人にはできて、日本人にはできないのか、と考えてみると、アメリカ人はいつもでも夫婦は男と女なのである。父と娘も男と女なのである。だから少しでも外見や性格を非難するようなことは気楽に言えない。

しかし日本人にとって結婚してしばらくすると、妻は肉親に近くなり、子供が生まれれば、「お母さん」になるから、妻のことを「愚妻」とか「荊妻《けいさい》（みなりの質素な女）」と言っても、謙譲語として通るのである。もっとも、「うちのかみさん」と言う時は、おそらく平仮名なのだろうが、かみさんは「御上さん」から来ている。明らかに尊敬語である。妻を卑下して言う「やまのかみ」は「山の神」と書く。一神教の世界では考えられない発想だ。料理屋の女将は「お上さん」でやはり奉《たてまつ》った呼称である。

私は大学でいい加減に英文学を学んだおかげで、西欧的な思想にも少し触れた。その結果、妻を褒め讃える外国の男たちの姿勢のよさにも微笑を覚え、妻を愚妻と表現したがる日本の男たちの俯き加減のものの言い方の陰影も理解した。何と言ったって私は日本人なのだから。

私は日本人と非日本人の違いを楽しんできた。同一性ではなく、違いこそ社会を強く複雑に楽しくしてくれる、という思いは変わらないが、違いを許さない人が世界にたくさんいるから喧嘩が絶えない。

私の中の異国、私の周辺の異文化ほど、私を複雑にしてくれたものはない、と今でも私は感謝でいっぱいなのである。

世界中の女性とは異なる夫婦意識

私の外国知識はせいぜいで小説やエッセイ、或いは映画なのだが、日本とアメリカが違うなあ、と思うのは、警官、弁護士、新聞記者などが主人公の話が出て来ると、必ず妻が夫が家に帰らないことを責める、という設定で描かれていることである。

警察や消防や病院や新聞社に勤めたら、夫が時間通りに帰れないことぐらい初めからわかっているではないか。それがいやなら、画家か小説家かフリーターと結婚するより仕方がないのである。それなのに、物語の描き方は必ず妻がヒステリーを起こし、それに対して夫が戦々恐々とするシチュエーションばかりだ。

昔、私は東大がロケットと衛星を上げる鹿児島県内之浦に見学に行っていた時代があった。一日の緊張した作業が終わると、教授たちは焼酎を飲みながらおもしろい話をなさる。世界的な学者でも、東大の予算は充分ではないから、若い世代を交えての飲み会は焼酎になる。それに焼酎は二日酔いにならなくて、健康にいいとその頃から言われていた。

ほとんどの教授たちは、アメリカで仕事をしたことがあり、そこで日米の夫婦論もよく出た。日本の学者たちの中には、打ち上げ前の内之浦に、これでもう一か月も釘付けになっているという人もいる。

若い研究者の中には婚約中で毎日でも会いたい彼女を東京に残している人もいた。しかし日本人は、仕事のために逢瀬がさまたげられても、特に不平は言わない。女性の側から見ても、自分の愛する人は、非常に大切な仕事をしているのだから、一か月や二か月会えなくても仕方がない。それほど自分の好きな人は、大学でも宇宙開発の世界でも大切な人なのだ、とむしろ誇りに思う。

しかしアメリカではことはそれほど簡単ではない。アメリカの研究者の妻たちは、夫が自分より衛星が大事だなどということを許せない。自分はほって置かれていると思い、いろいろ後遺症が出る。

だから教授たちの笑い話では、「日本では衛星が一基上がる間に一人は婚約する。アメリカでは衛星が一基上がる度に十組の夫婦が離婚する」ということになる。

今にして思うと、この笑い話は決して日米の文化の比較論ではなく日米の宇宙開発の予算の規模を暗に示したものだったかな、とも思うのだが、それだったら、十組が百組くらい離婚してもいいことになる。

しかしとにかく日本人というのは、言われなくても相手の立場を考える。それは「推察」する能力があることを示しているわけだから、なかなか優秀な頭脳の働きだ。

しかし世界中の女性がそうではない、どころか、むしろアメリカ型の女性の方が絶対に多いそうだ。

或る日本人が、アラブ人の女性に惚れて結婚した。クレオパトラみたいな美女だったのだから仕方がない。結婚する時、彼は大変だった。アラブの女性は、生まれた時から従兄弟か親戚の男の子と婚約しているケースが多いから、その男の存在を排除して獲得しなければならないのである。

そんな事情もあって彼は婚約する時、できるだけいい話をした。例えば、三年以内にベンツの車も買う。居間に置く電気スタンドも四個買う、というような約束である。彼にすれば決して空手形のつもりではなかった。できたら何をさておいても、彼女の欲しがるものを買って家を飾ればいいと考えていた。

しかし世の常としてなかなか予定通りにはならない。すると奥さんは彼を責める。「あなたは電気スタンドを四個買うと言ったじゃないの。ベンツも約束したじゃないの」というわけだ。

日本人の夫にすれば、「見てればわかることでしょ。僕に今それだけの収入がないことは、君も見ている通りじゃないか」と、言うことになる。それでもアラブ人の妻は諦めないのである。

「とにかくあなたはベンツを買うと約束したのよ」ということになる。日本人の妻だったら、とっくの昔に諦めて、友達に「ほんとうに彼ったら調子いいことを言ったのよ。三年以内にベンツだって。それがどう？　こないだ自転車は買ってくれたけど」と笑い話に終わらせるのである。

日本人の幸福は、多少とも自動的に相手を立てるための自己犠牲を容認することで成り立っている。しかし世界中の多くの女性たちにとっては、幸福は自己主張が通ることらしい。この違いは実に大きいと私は思っている。

結婚はお金の契約をともなうという素朴な真実

アラブ社会では娘が結婚する時、その父親は婿と結婚金と離婚金の金額を交渉し契約する。アラブ社会では、離婚は夫の意志で決められるが、一方で離婚される女の側も、こういう形で経済的には保護されているのである。

日本人から見ると、娘を金で売るようでいやなことだと言うが、もし婿にほんとうの愛情があるなら、その心を金で表すのは当然だ、と彼らは考えるのである。

アラブ人の夫でもし妻に一万円の土産を買ってくる人がいたとしたら、彼は、妻に千円の土産しか買ってこない他の夫の十倍妻を愛していることになるのだと言う。

「だから簡単に、気は心だ、なんてことにはならないんですよ」

「そうですか。それは大変ですね」

ほんとうにその瞬間であった。私は聖書の中で、イエスがもしかすると好きだったのではないかと思われるベタニアの姉妹、マルタとマリアの物語の、当時の生活に則した読み方を理解したのである。

聖書は次のようなエピソードを伝えている。

「過越祭《すぎこしさい》の六日前に、イエスはベタニアに行かれた。そこには、イエスが死者の中からよみがえらせたラザロがいた。イエスのためにそこで夕食が用意され、マルタは給仕をしていた。ラザロは、イエスと共に食事の席に着いた人々の中にいた。そのとき、マリアが純粋で非常に高価なナルドの香油を一リトラ持って来て、イエスの足に塗り、自分の髪でその足をぬぐった。家は香油の香りでいっぱいになった。弟子の一人で、後にイエスを裏切るイスカリオテのユダが言った。『なぜ、この香油を三百デナリオンで売って、貧しい人々に施さなかったのか』彼がこう言ったのは、貧しい人々のことを心にかけていたからではない。彼は盗人《ぬすびと》であって、金入れを預かっていながら、その中身をごまかしていたからである。イエスは言われた。『この人のするままにさせておきなさい。わたしの葬《ほうむ》りの日のために、それを取って置いたのだから。貧しい人々はいつもあなたが

たと一緒にいるが、わたしはいつも一緒にいるわけではない』」（「ヨハネによる福音書」26・6〜12）

当時、男の労働者の一日の日給が一デナリであった。だから三百デナリという金は、一家のほぼ一年分の収入に相当したのである。それほどの大金を、この娘は、尊敬していた先生イエスのために惜しげもなく捧《ささ》げたのである。

今でもアラブの家庭に行くと歓迎の香水を注がれることがある。私の訪れた家は遺跡の発掘の作業をする労働者の中頭の家で、家の中には、私たちの考える工業生産品と言ったら、バケツとかスコップとか、ほんの数点しかないという家だった。それでもその家の娘は、私にとっておきの香水を振りかけてくれたのである。

この聖書に出てくるベタニアの娘は、イエスを愛していた。その愛を示すためには、彼女は高価な香油を買う必要があったのである。愛が大きければ、香油は高価なものでなければならなかった。それが、セム族的な表現というものであった。だからその分だけ金を節約して貧しい人に施せばいい、などという論理が出た時、イエスはそれをたしなめたのである。

心を金で計るなんて……と言うことはたやすい。しかし金で表す心というものも、素朴な真実を含んでいる。そのような発見をすることさえ、日本にいてはなかなかむずかしいのである。

大学四年で結婚した私の結婚観

今から考えるとよく決断したと思うのだが、私は二十二歳、大学の四年生で結婚した。十八、九の頃、私は結婚する気はなかった。若い娘はよく、私は結婚などしません、というが、私の実感にはそれよりもう少し根があった。私は両親の結婚生活を見ていて、こんな暮しをするくらいなら、断じて独りでいよう、と思ったのである。世間の親は娘を結婚させる時に、成功した結婚をごく当然の目標にして、だから結婚すべきだと言うが、それは全くいいかげんなものである。私の周囲を見廻してみると、うまく行った結婚より、うまく行かなかった結婚の方がずっとずっと多いのだから、結婚というものは、しない方がよかった場合もずっと多いのである。

私は、さまざまな家庭の事情や、個人の健康状態などから、結婚を諦めなければならないかも知れないと考えている娘さんに、結婚というものはそんなすばらしいものではないから、しなくてもちっとも損じゃないわよ、と言うことにしている。

というと、世間の人は私に向って尋ねる。あなたの結婚はどうでした？　と。その時私は答える。私は例外的にうまく行きました。あんまり期待しなかったものですから、期待はずれでした、と。

　結婚についての不信は、しかし、私の中から薄くはならない。結婚は、当人の才能や努力や心がけがいいから、うまく行くというものではない。俗に「結婚は運だ」というが、アラブの格言にも、次のようなものがある。

「世の中のすべてのことは論理的に起きる。しかし、結婚だけは別だ。それはチャンスである」

　つまり結婚は賭けなのである。私はバクチには強く、クジ運には弱いようだが、バクチさえも好きではないので、賭けに一生を委ねるのは、やはり何となく、つまらないような気がしている。

　私の結婚は例外的にうまく行きました、とひとごとのように言うが、そのからくりも、私はこれから明かさねばならないと思う。私の結婚は、私が小説を書いていたからうまく行ったのだと思う。もし私が、小説を書かず、家の中にじっとしていたら、私は果たして生活の充足感を覚えたかどうかもわからないし、心理的に溜まったエネルギーの捌《は》け口をまちがえて、夫にずいぶん当たったのではないかと思う。

もちろん性格的にいろいろな人がいるから、世間は恐怖の対象であって、家の中に守られて暮すことこそしあわせだと感じる人がいても、少しも不思議はない。しかし、私は世の中の娘たちが（私の夫の表現をかりれば）「結婚ときくととたんにランランと目を輝かせ、結婚式の時にはネズミを捕えたネコのように、してやったりとばかりにんまり笑う」のは、早計ではないかと思う。もちろん、夫を一生好きでいられれば、もうそれで十分なのだが、夫を最初から好きであり、或いは結婚後も好きでいつづけることは、むしろ可能性が薄いのだから、結婚式は、幸福のスタートどころか、むしろ苦労の始まり、ということも多いのである。そして気の合わない夫婦の日常というものは、私の体験によれば、毎日が拷問のようなものである。

さて、家に引きこもっているのが心から好きな奥さんは別にして、私はふつうに好奇心もある女性たちに対して、実に残酷なことを言わねばならない。それは、毎日おさんどんをして子供を育てて行くだけの生活と比べて、世間にふれて行く暮しというものは、比較のしようもなくおもしろいものだ、ということである。これはもしかしたら、禁句なのだろうか。

いわゆる良き「家庭の妻」でいる人たちへの労りから、家庭にいることこそ幸福という言い方が、人情的に言われ続けて来たのだが、それは、家の中にいなかった者たちが、一せいに口裏を合わせてつき続けている嘘のような気もしてならない。

「社会的弱者」の使い道

或る出版社から送られて来た小冊子に私より若い作家がエッセイを書いていた。

その方はパソコンも使えず、最近のインターネットの恩恵にも浴していない「ＩＴ弱者」だが、それは「グローバル経済の市場原理の歯どめのきかなさのせい」なのだそうだ。その上に、自分は「女性という社会的弱者」であり、「老年もまた別の弱者」でそれに該当する、と言われる。

全くおっしゃる通りかもしれない。しかし小説家としては、これだけ「弱者」の資格が揃ったら、むしろ花札で言うフケの手が揃ったようなもので、大変な才能と資質だと思っていいのである。

小説家というものは、おもしろいことに強者にも務まるが、弱者にも極めて向いた仕事なのである。何しろぐじゃぐじゃグチを言うことにも意味がある。上等のグチが金になる商売なんて、漫才と小説くらいなものだ。

昔まだ私が小説を書き出そうとしていた頃、臼井吉見《うすいよしみ》という評論家の先生に会わせてもらえる機会があった。何しろ小説家志望の文学少女など、その辺に掃いて捨てるほどいる。先生は温かいけれど疑わしそうな眼で私を見ながら、

「あなたは病気と、貧乏と、男の苦労と、この三つのどれをしたことがありますか？」

と聞かれた。

男の作家だったら「病気と金と女」で苦労しなければ、とうてい一人前の作家になどなれない、と当時は言われていたのである。

その時の私はといえば、戦争で父と母はいささか財産のようなものを失ったが、乞食や質屋通いをしたこともまだない。体は極めて健康。男の苦労は「したことがある」と私自身は思っているのだが、他人はとてもそうは見てくれそうにない。何しろ「お嬢さ

ん学校」という評判のミッションスクールに十七年間（幼稚園から大学まで）もいたのである。評論家としては「文学なんぞやめて嫁に行きなさい」と忠告したくなるだろう。

つまりその当時から、世間的な生活不適格者、弱者こそ、作家にもっとも適した資格であった。それが今では、弱者は作家にさえ向いていない、と思われるようになったのだ。どうして世間はこんなに常識的になったのだろう。

そんなことを言ったら、亡くなった遠藤周作《えんどうしゅうさく》さんなど「ＩＴ弱者」の最たるものであった。

或る日、遠藤さんは私の夫に電話をかけて来て、どうして某出版社の伝言の紙が電線を伝って遠藤家に飛んでくるのか、とお聞きになった。ファックスのことである。それは、出版社の紙が電線を伝って飛んで来るのではない。電気的に送られて来た信号が、「お宅の紙に印刷されるのよ」と夫が言うと、遠藤先生はいきなり激怒なさった。どうして俺に断りもなく、あの社は、勝手に俺の紙を使うのか、というわけだ。

うちでも長い間、夫は私がファックスの機械を入れるのに強硬に反対していた。こちらの理由もケチなのである。

「そんなことをしてみろ。使いを出さなくてよくなって、トクをするのは出版社ばかりだ」

　世間のことがわからないから、作家をやっていられるのだ。強でも弱でも、人と違えば、それは立派に立場の違いになる。人とは違う視覚も保てる。ヒヨコの中の醜いアヒルの子として、「あら、おもしろい顔してるわね」と注目してもらえるのである。

　老醜も、願わしいものではないが、立派に一つの特徴である。年取って強盗に入れば「驚きました。犯人は老人でした」と被害者が警察に通報した時、驚いてもらえる。それが女の年寄りだったらもっとすごい。「驚いたのなんのって、強盗は婆さんでした」と これはもう落語の世界である。ついでに「それであんたは男の癖して、その婆さんの強盗に全く歯向かえなかったのかね」という形で、当節の意気地ない男に嫌がらせの一つもしてやれるのだ。弱者の使い道はたくさんある……。

「そういうのは、弱者と言わないのだ」と、エッセイの筆者は言うだろうが、弱者はれっきとした弱者なのである。ただ弱点をどうにか使おうとしているだけなのだ。

　もちろん弱者にはならないようにした方がいいだろう。私もこの方と同じようにインターネットもEメールも真っ平で、何もやっていないが、それは時間がないからである。昔からペン・フレンドと手紙を交換したり、電話で長話をするのが苦手だった。（中略）

ＩＴ弱者だという作家のエッセイに話を戻すと、この方は鬱病だという。今や鬱病は風邪なみの国民病で、私の周囲にも苦しんでいる人がたくさんいる。私も三十代の終わりに八年間くらいこの病気と付き合った。

人によって病気の重さも性質も治り方も違うのだから、素人が簡単に言っていいことではないのだが、私の場合はむりやりに体を動かして、疲労させることが実に有効だった。今は当時よりもっと体を動かさなくて済むようになったから、むしろ気の毒なのである。

鬱病時代の私は、ひたすら書斎で「知的生活」をしていた。しかし治ってからの私は、書斎だけにいる作家生活をしないようにした。毎日料理をしたり、畑に出たり、ボヤキながら雑事をおもしろがることにした。さらに書斎を出て、危険な土地にも行くようになった。

書斎で得る本の知識は一応完成品である。出て行って得た知識は生の素材だから、どんなふうにも自分で料理できる。というより処理しなければ使えないのである。

それ以来、私は、書くことがなくなったことはない。絶えず書くことがあるのは、私に才能があるからではなく、私が外に出て行って否応なく、知識、生活、現実などの片々を拾わざるを得なかったからだろう。そのために私は時間もお金も使い、安全第一で暮らさなかったのだから、当然の結果だとも思う。

今私は読書が楽しくて仕方がない。十代に読んだ小説を初めて読むような発見と感動で読んでいる。作家でも誰でも、人間的である、ということは、雑然としていることであろう。書斎と外界、体験と読書、強さと弱さ、純と不純、その双方がないと、いい意味でも悪い意味でも人間らしくなれない。

閑人の人生観

私たち夫婦はよく自分の失敗を語った。それでよく笑った。自分の失敗はつまり「人」の失敗でもあるわけだから、普遍的な出来事としてよく笑えるのである。

そんな心理的な余裕などあるはずがない、という人のために、少し解説を加えれば、私たち夫婦は共にカトリックであった。人生は「仮の旅路」で間もなく終わる。位人臣《くらいじんしん》を極めても、生涯はぐれもので終わっても、神の眼から見てその生き方に必然さえあれば、それはそれなりに完結した人生であった。よい人にもどこかにおかしなところがあり、悪い人にもどこかにいい香りのする点があるであろう。そういう思いがどこかにあるから、何でも笑えるところがあった。この一瞬が大事なのである。

私たち夫婦の好みがすんなりと子供に生きたか、というと決してそんなことはない。第一、夫と私とでは、教育の方法に関して好みが全く違った。私は子供の時、歪《ゆが》んだ生活を送っていたから、苦悩が自分を鍛えたことを感じていた。それに比べて夫は慎ましくはあったが、すんなりとした知的な家庭に育ったので、私のような悲壮なところはいささかもなく、どちらかというと子供にもいやなことはさせないほうだった。そして私は子供が男の子だったので、夫の教育の趣味に合わせることにした。

どんなに片寄っていようと、幸いなことに基本のところで私たち夫婦は人生の生き方に対する好みが一致していたのだ。その一つは権力にすり寄るということをしないことだった。権力者とは、私たちはいつも距離をおくことにしていた。何しろ先方は実業に忙しい方たちだが、私たちは文学などという虚業に生きている閑人《ひまじん》だったのである。たとえどんなに書かねばならない原稿が多くても、私たちは閑人として人生を生きていると感じていた。

「まあまあ」は意味深い褒め言葉

亡きご主人は、何か意見を聞かれると、「まあまあですな」と答えられるのが口癖だった、と友人たちは言う。そしておしゃべりの間に「お宅のご主人だったら、『まあまあですな』だわよ」と誰かが口真似して笑う。亡き人は今でも妻の友人たちのいささか慎みのない会話をにこにこしながら楽しんで聞いているような感じになる。

私はこの頃、この「まあまあですな」という言葉はなかなか意味深い表現だと思うようになった。

もちろん単に、答えを曖昧《あいまい》にする場合に使われることもあるであろう。しかし世の中には、すばらしくうまくいったことも、取り返しがつかないほどひどい失敗だったということも、普通にはめったにないのである。静かに観察すれば、うまくいった場合にもいささかの不手際は残っており、失敗した場合でも、必ずその方がよかったという面はあるのだ。

この頃、そこの家の息子さんは、お母さんに「どう、おいしい？」と料理の味を聞かれると「まあまあだね」と答えるようになったと言って、友人は笑っていた。しかしこれも、私に言わせるといい言葉である。

もし息子が、「すごくおいしいよ」と言えば、ほんのわずかだが、むしろ水臭いものを感じる。どんなお料理だって、これが最高ということは、ほんとうはあり得ないのだ。だから「まあまあ」というランクづけはかなりの褒め言葉だと言ってもいい。

料理だけでなく、これで最高と思ったら進歩が失われる。反対に「これはひどい失策だ」などとけなされれば、かなりの心の傷を負って元気を失ってしまうだろう。「まあまあ」は本質的に優しい言葉だ。労《いたわ》りも励ましもある。妻や母たちは、もう少し具体的で変化に富んだ印象を聞きたがることが多いが……家族の心理に錨《いかり》をつけなければならない立場のお父さんとしては、「まあまあ」という、字面まで錨につけられた鎖に似た返事を選ぶのである。

愛について、聖書はこんなおもしろい解釈をしている

愛は、誰かを好きになることではない、と教えられた時は少しびっくりした。聖書は、愛についておもしろい解釈をしている。私たちは愛している者が道を踏みはずすと、一生懸命、説き聞かせて、いい人間にしようとする。それが愛することだ、と思っている。

しかし愛は相手を変えさせることではない。そのまま見守ることだ、というのだ。地震の時、母親は倒れて来る家の下敷きになりかけたら、自分の胸の下に子供を入れて、せめてその子だけは生かそうとする。それと同じように、ひたすら相手をそのままの姿でまず生かすことが愛のスタートである。

そうしてひたすら待っても、相手が変わらない時は多い。その時も希望を失わずに待ち、耐えて、それでもだめな時は無限に下から支えなさい、と聖書には書いてあるのだ。

愛は好きな相手の望みを叶《かな》えることではない。愛は情ではなく、相手がどのような人であっても、こうしてあげるべきだということを理性で行うことだ、と聖書は規定《きてい》している。

世間には、姑を好きになれない嫁と、嫁を好きになれない姑がたくさんいる。その場合、嫁も姑も無理に相手を好きにならなくていいのだ。しかしそれには条件がある。

嫁は姑に対して、好きであろうが嫌いであろうが、相手がもし自分の母だったらこうするだろうと思われるのと同じことをしてあげなさい。同様に嫁を好きになれない姑は、好きになれないままでいいのだ。ただ嫁がもし自分の娘だったらこうするだろうということをすればいいのだ。

それこそが苦しいけれど本物の愛だとされている。相手を愛せなくても、愛しているのと同じことができるのだと知った時、私はこの上なく気が楽になったのである。

妻の居場所

日本の妻たちは、努力を要求されると、多くの場合、自分は蔭へ廻って夫に尽くすようになる。私の知人（女性）が或る時、日本の北国の半島の先っぽの村に講演に行った。仕事が済むと、どうぞお食事を、ということになり、村の有力者の家の座敷で宴会が開かれた。そこには先ほど講演を聞きに来ていた村の夫人たちが、かいがいしく宴会のために働いていたが、大きな座敷にコの字型におかれた一人前ずつの宴会用のお膳は、すべて男たちのためだけで、彼女らの分はなかった。知人の女性講師はつい先刻彼女の喋った講演が「女性の自立」についてであったことを虚しく思い出した。

別に同じ席に着かないことが、すぐさま男女平等でないことの証拠だということは誰にもできない。おいしい料理を出そうと思ったら、心配で台所にいる方がずっとましだ、と思う女性の気持ちも、私にはよくわかる。しかし、宴席での会話に女性の席は全く用意されていないというのは、せっかくこの世に生まれて来て、異性との付き合いや、会話の楽しさという大きな精神的快楽を味わえないという点で、私はやはりもったいないと思う。

しかし日本の妻の方を楽だとする見方もある。ヨーロッパやアメリカの妻は、いつも夫と人前に出なければならない。美しさや若さ、服装のセンスのよさ、家でパーティをやる場合は、料理の腕だけでなく、アイディア、人あしらいの良し悪し、話術まで常に他人と比べられる。そこでは努力をするほかはない厳しい生き方を迫られる。

努力が全く不要なのではない。人間の一生というものは、耐える習慣がないと一層辛くなる。だから耐えるのだが、私の夫のような人物は、努力を二つの面から悪意に解釈しているのである。

一つは、人間をその本来の力以上に見せかけようとすることを浅ましいと思うことである。努力をすればするほど、人間は進歩するかもしれないが、その過程に於いては、現実と外見との落差がひどくなる。その差をできるだけないようにして生きて来たのが夫の生活だったのだから、努力は彼にとっては、見栄と紙一重なのである。

私たちは結婚した時、私はカトリックだったが、夫はそうではなかった。しかしやがて彼も洗礼を受けた。信仰が彼を大して変えたとも思えない。しかし努力を信じない、ということは、信仰とはまんざら無関係ではあり得ないと、私は考えるようになった。

聖書には努力がいらないとは書いてない。聖書の中に出て来る敵への「愛」は心から愛することではなく、努力の結果として愛せない相手にも、心から愛するのと同じ行為を（心は憎んでいるままでも）表すことである。そこには努力なしに、愛の成就が行われることは考えられない。しかし聖書には人間の努力が虚しいことも書かれている。

「すずめは二羽一アサリオンで売られているではないか。それにも拘わらず、その一羽も、あなたたちの父の許しがなければ、地に落ちることはない」

つまり、私たちの最終の運命は、どうも人間の手にはないらしい、という実感を持つことが、信仰を持つことなのである。

私は決して、世の妻たちに怠けた方がいいと言うつもりはない。或いは働くのが嫌いな夫に、定職にもつかずぶらぶらしていらっしゃい、というわけではない。私自身、小心だから、或る程度のつまらない律義さのために怠けられないことを知っているし、この世に生きている最低の礼儀は、あまり大きな迷惑を人にかけることではない、とも思っている。

ただ、努力などというものにほとんど価値を認めない生き方もあり得るのだということだけ書きたかったのだ。

「きゅうくつなズボンは、破れた瞬間から楽になる」というあまり上品ではない格言はどこかの国にないだろうか。なかったら、それは今、私が作ったことになる。

夫婦のバランス論

私が（おかしな言葉だが）プロの作家になった時以来、夫は私が社会に対して約束した仕事は家の中の都合に優先することを、しごく自然に承認してきたようである。そんなことを改まって話し合ったこともないが、普段は職業婦人のような顔をしておきながら、直《す》ぐ「子供が病気ですから帰らせて頂きます」と言い、それは困るというと、「人権侵害」だと文句をつける半プロがよくいることを夫は余り快く感じていなかったのだと思う。子供の病気の時心おきなく休みたいのだったら、プロにならなければいいのである。その場合にはしかし収入もアルバイト程度のもので満足しなければならないし、その道で一人前と言われることも諦めねばならない。アメリカでは決められた有給休暇日数の範囲内で子供を生みたければ生みなさいと選択させられるのだという。日本のように一人前に働けない子育ての時期にも、まともに働く人と同じ給与を保証せよというのは、どうしても理屈が合わない。プロであるということは、その分だけ、必ずどこかで犠牲がでることを承認している状態である。家庭生活を全く犠牲にせずにプロの道を歩むということは、実はどうしても不可能なことなのである。だから、配偶者が何かのプロになったら、その時点で家族には自動的に不便がついて廻ることを覚悟したほうがいい。

何故、我が家では妻が仕事を持つことを認めたのか。私は結婚前から既に職業作家だということもなかった。文学少女で小説家になりたいとは思っていたが、そんな夢のようなことが実現するとも信じてはいなかった。だから夫は結婚前から私が小説書きになることを覚悟していたわけでもない。ただ幸運もあって、私は希望を叶えられた。「女房の希望を妨げるとおっかないですからね」と夫は言いそうであった。私は運命というものに対しては、流されていないと、大きくしっぺ返しをされることが多いような気がしている。運命というものに対しては、どう考えても、「一生懸命流される」ほかはないと思う。だから私としては小説家になれたことを感謝すると同時に、それに伴うマイナスがあることくらいは当然夫もわかるだろうと思ってきたのである。

しかし今考えてみると、夫はもっと不純な考えで私がもの書くことを承認してきたのではないかと思う。それは夫婦というものは死別であれ、離婚であれ、いつ別に暮さねばならないようになるかわからないからである。つまり彼は私が現実問題として一人でも収入があって生きられるようになっておく方がいいと思いもしたろうし、そんな金銭的なことだけではなく、私が夫だけが頼りなどという、美しいけれど弱々しい人生ではなく、家族からも、社会からも、抽象的な世界からも、あるいは他人からも、万遍なく、願わしいこと願わしくないことさまざまな影響を受けて暮らすことに慣れた、自然なバランスのとれた人間として生きられないと困ると思ったのかもしれない。

夫婦という精神生活

夫婦というものは、一人ずつ切り離しても、生きられねばならない。人間は本来は生活能力において、無能より有能でなければならないのである。夫婦が補い合って行くということが、美徳のように言われ、事実、人間はいくら訓練してもうまくならないということが多いから、現実問題としては、どちらか、ややうまい方が、下手の方の代わりをするということはよくあるが、しかし理想はあくまで、人間は一人でも暮らせることである。そうでないところに、妻を家政婦とみたり、夫を月給運搬人と扱ったりする空気が生まれる。そして、無能過ぎる配偶者という名の同居人が、結婚生活という名の共同生活の重荷になることは実に多いのである。

舅と姑の場合、もう一つ、老いの徴候は、舅のほうが、お喋りでなくなったことであった。お喋りというものは、たしかに社会悪であることも多いが、最近分かったのは、喋ることがあるというのは、確実に精神生活の活力の度合いを示しているということである。

私たちは一定の年までは、社会との繋がりが深いから、外へ出て、多くのことを見聞きする。すると、驚いたり、学んだり、あきれたり、反省したりして、それを家に帰って家族に喋るということになる。しかし、年を取って夫婦とも家にこもりっきりになると、夫婦は次第に話すことがなくなる。これは、夫婦の老化の度合いを示すめどとしてわりとはっきりしているように思う。

本当は、喋ることがなくなったのは、家にいて外へ出なくなったからではないのである。青年時代に病気をした人は、床の中から一歩も出られなくても、本を読んで感動し、現実の生活以上に、その世界に没入し、たまに見舞いに来てくれた友人と、迸《ほとばし》るようにそのことについて語る情熱を持つことができた。つまり老化ということは理由の如何に拘わらず、感動が少なくなることなのである。だから、老夫婦は語ることがなくなる。夫婦が同じように老化して、同じように植物度を加えて行けばいいのだが、たいていの夫婦はどちらかがやや若いということになるから、相手が喋らなくなるとつまらなくなってしまうのである。

結婚式は親にとっての失恋行事

私たちは結婚という現実を、改めて考え直してみなければならないだろう。結婚は一つの選択だということをである。つまり、結婚によって、その人は、親を捨てて一人の異性をとった、ということなのである。ここで、明らかに親は捨てられ、自分の子供にとって、愛されるべき順位が少なくとも二番目に落ちたということになる。本当はこういう現象は、既にずっと前からあったのだが、――子供が年頃になると、彼または彼女にとっては、既に親より大切なものができている場合が多い――親は、結婚という形で現実を突きつけられるまでは、ただそのことに気がつかなかっただけなのである。

私の知人で「娘の結婚なんかめでたいものか」とはっきり言った人がいたが、これは実に正直でいい言葉だと思う。娘や息子の結婚式というものは、親にとって失恋の行事である。しかし、こうなることは、その子が生まれた時から分かっていたことなのだ。そこで、驚き、慌て、失望した、というなら、親の準備が悪かったという他はない。

私は、自分の息子の結婚式の時に、特に悲しくもなかったが、人が言うほどめでたいものだとも思わなかった。何しろ、しなければならない雑用がいっぱいある。おまけに、私は目の病気をしていて、行く先視力がでるかどうかわからない、という憂鬱な時であった。私は息子とは、彼が大学に入った十八歳の時から別れて暮しているから、今さら息子を手放すとか、嫁にとられるとかいう実感はなかった。しかし少なくとも、結婚式が花嫁花婿の親たちにとって、百パーセント喜びにだけ満ちたものである、などというのは伝説であろう。もしそこで、親たちの誰かが泣いたとしたら、その涙には、やはり別離の悲しさの要素が含まれていると思う。

4章
女の側の特権と幸福

女性が男性のほおをひっぱたく練習をすべき時代

セクハラ問題に関してもっとも早く、いかに一方的に女性から「あんた、私に触ったでしょ」と言われることが、男性にとっては恐ろしいことかを書いたのは、筒井康隆氏の「懲戒の部屋」だろうと思う。この作品は中公文庫『アルファルファ作戦』という短編集の中に収められているが、一九六八年の作品だというから、こうした状況を氏は実に早く予見《よけん》していたのである。

大学を出て十五年のサラリーマンが、ある日突然満員電車の中で、隣に立っていたサラリーガールから痴漢《ちかん》扱いされる。もちろん彼は何もしていないのである。

「証拠もないのに、痴漢とはなんだ」

「スカートの下へ、手を入れたじゃないの」

「そんなことするもんか」

「したわよ」

「誰があんたみたいな女に手を出すもんか。自分の顔のことを考えてものを言え」

これでもう周囲の女性たちは、一斉にこの男の敵に回る。他人には見えるはずもない行為を、「見た」と証言する女まで現れる。

結局この男は保安官事務所に突き出され、全婦連支部と地区女権保護委員会へも連絡され、会社にも通告されてクビになる。

筒井文学一流のドタバタ風最後がどうなるかは、小説を読んで頂いた方がいいのだが、男女同権運動家ほど、女性を売り物にするのは、昔も今も変わらない。公衆の面前で、その時相手のほおをひっぱたける練習を、娘たちには常々しておいてもらった方がいい時代になった。

セクハラは避けるより闘うもの

セクハラの問題に関して、世の中には確かに不作法な男が多いことも事実である。教養もなく、話題といえば卑猥なもので、すぐに体に触ったりする男を、それが男性的な現れだとして許容する野蛮な社会があったことも事実である。

しかし女の方にも、セクハラを受けそうな状況を避ける技術もいる。もちろん、いくら掏摸を避ける用心をしても掏られることがあるように、セクハラを避ける方法を考えていても、そういう目に遭うことはあるだろう。だから、その場合は満座の中でひっぱたくとか、恥をかかすような言葉を投げるとかいう技術を知らなければならない。

しかし、人間はどんな世界で、どちらの性を取って生きていても、何らかの被害を受けることはあるのだ。女性だけが受ける性的被害もあるが、ヤクザに絡まれて命を落とすのはほとんど男である。

掏摸の被害を完全に無くすことはこの世ではできないが、被害を減らすことは可能である。それと同じ程度に、男と女が、いつもいささかの異性を意識しつつも、それを超えた人間として気持ちのいい関係を作ることは不可能なことではない、と私は思う。

私も若い時から、男たちと混じって仕事をして来た。泊まり込みで数週間も取材をしたこともある。そういう時、私は私なりに、男女の区別のない爽やかな関係を保とうと考えたものであった。私は自分をユーモラスな立場に置くことが割とうまかったから、男たちと会うと、三十分以内に、あの人は、すてきではないが滑稽で気楽な人だ、という印象を与えることに大体成功できたのである。

徹底して女を意識しつつ仕事をする人もいる。私のように女を消して（などと言わなくても、初めからそのケは薄いからダイジョブ、とも言われた）男と女の関係ではない人間の関係を確立する方が気楽だなあ、という選択をする者もいる。いずれにせよ、その境地を得るために、人は常にいささか戦法を考えて闘うものだろう。

痴漢を弄《もてあそ》ぶ女たちの投書を読んだこともあるし、極度にそういう人間関係を嫌って尼寺に入る人もいる。やり方はさまざまあるが、或る望ましい境地というものは、他人によって用意されるのを待つのではなく、自分で闘い取るという姿勢がいるだろう。

はっきり言うと、フェミニズム運動ほど、悪い意味で女性的なものはない。フェミニズム運動は、本当の男女平等を生きようとする者の足を引っ張る働きさえする。

一番耐えがたい点は、フェミニズムはいつも他罰的な表現をとることである。自分が悪かった点には一切ふれず、相手が悪いからこうなった、と相手に責任をなすりつける姿勢である。アメリカがジャパン・バッシングをしている間は、アメリカは決して経済を根本から建て直すことは不可能だろう。自分が問題の解決者になろうとしない限り、問題が取り除かれることはない。フェミニズムには誰も表立って反対を唱えないから、その運動はますますいい気分で続行される。しかし、それが続けば続くほど、男たちはうんざりしている。

再びアメリカを引合いに出すが、アメリカのもっとも愚かしかった点は、アメリカの多くの企業の代表者が「アメリカの産物はいいものだから、もっと買え」と言ったことである。アメリカと日本の産物がいいかどうかを決めるのは、日米双方の消費者である。だからアメリカの企業家のこういう「女性的な言い方」は、日本人の冷笑を買ったのである。ほんとうにいいものなら、日本国家が買うな、と国民に命じても、私などは密輸してでも買うだろう。買わない時は、品物に魅力がない時である。しかしアメリカの企業人は、この点を、実にフェミニズムと似た言い方で解決しようとしたのである。

「女性のための」という前置きの不思議

男女同権と言いながら、時々不思議なことがある。その一つが「女性のための」という前置きがある催しが行われることだ。

私はこれでも徹底した男女同権論者だと自分では思っているから、こういう女性だけの催しには出ないことにしている。ピクニックでも講演会でも研究会でも遠乗りでも、何でも男女両方がいた方が楽しいではないか。そして女性だけしか関係のないこの世のことというのは、ほんとうはないのである。女性が苦労していることなら、男性もそれを知るべきだし、男性が関心を持つことなら、女性が同じレベルで係わったらいいと思うのである。

男女同権を言いながら一番おかしいのは、経歴に女性の場合だけ年齢を書かないことだ。男も女も一斉に年を書く習慣をやめるならいい。しかしついこの間、「ソノさんの英訳の本にはお年が書いてありますなあ。珍しいですねえ」と言われた。

年を隠すということは、女の色気で、相手の関心を引こうということだろう。私は色気というものがなくていいと言うのではない。むしろ何歳になってもせいぜいお見苦しくないように身だしなみを整え、いつも姿勢を正しているようにしようと思っているのだが、それがあまりうまく行っていない、と感じてはいる。

しかしどう考えても年齢は隠すものではない。今何歳の生を生きているか、いくつで死ぬかは、自然の時の流れそのものである。問題は、その与えられた年と健康を、その人なりにいかに真摯《しんし》に使っているか、ということだけだ。

女性が男と同等に扱われるには、理論闘争の点でも同格になる必要があるだろう。

胎児の段階で子供に異常があるかないかを調べる出生前の検査を受ける妊婦は、高齢出産増加の影響で増えてはいるものの、一方で「胎児の選別につながる」としてためらう世論もある。もし異常だとわかったら中絶するなどということが考えられないからである。それは「いらない子」は「始末する」という意味になり、これほど恐ろしいご都合主義もない。しかしそれなら一切の中絶を禁止するという人道上のルールを確立するかというとそうでもないのである。「生む生まないは女の自由よ」という言葉が、今でも自由な女性の条件のように繰り返されている。

いったいどっちにするのだ。

「障害のある子でももちろん生むのが当然」に私は全く賛成だが、それなら「すべての子供は生まれる権利がある」のもほんとうだろう。「生む生まないは女の自由」ではないのである。「障害のある子を中絶をするのは人道に反する」のに、「健康な子は中絶をしてもいい」のでは理屈が通らない。

しかし「障害があっても生むべきです」と、「生む生まないは女の自由です」との二つの言葉を平気で並べる人はけっこう多い。この二つの言葉の間には、全く論理の一貫性がない。そんなことを言っている間は、男女は同権でも、どうも女性はよくわからない、と思われ続けるだろう。

体質的に好きになれないフェミニズム運動

昔から、私は誰かと共同作業をするのがどうしても苦手な性格であった。それがいいと思っているわけではないが、仕方がない。そこで、一人でできる作家という仕事を選んだのだが、アメリカなどに行くと、日本よりもっと、社交的であること、コミュニティーに交わること、皆と一緒に楽しむことがいいこととされているので、当惑することが多い。アメリカでは、行動する女たちも、やはり文句なくいいことをしているつもりらしく、夫たちも表向きは支持している。こういう空気にも私はついていけないのである。

私はフェミニズム運動というものも、集団でやるという点において体質的に嫌いである。そしてフェミニズム運動に、むしろ差別的なものを感じている。

同性が、社会の下積みになっているのを放置していいというのではない。私は、結婚生活においても社会生活においても、「男がしていいことがどうして女に悪いのよ」という単純明快な論理を推し通して来たつもりなのである。しかしとにかく、私は団体でものを言うことが嫌いな上、女だけがフェミニズム運動のために集まるという光景も、不自然だから好きになれない。人間の生活の形態は、男も女も、老人も子供も、適当に混ざっている、という状態が普通だから、女だけが集まる場所というものを、異様に感じる。だから私は「女性の」と但し書きのつく集まりは、講演会でも引き受けない。男も女もない。誰もがかかえている人間としての問題があるはずだからだ。

一般的に見ても、グループを作って権利をかち取るという形は、実力ではない。むしろ悪い意味で非常に女性的なやり口であろう。フェミニズムは、そこに女性がいなくてはやっていけない、むしろ女性にそのことをうまくやる人が多い、という形で達成することだ。

人間は実利的なものだから、女がいてくれることの方が仕事もうまく行き環境もよくなるとなったら、誰もが女性にその仕事をしてもらいたいと思うし、既にいい仕事をしている人を、女性だからと言って追い出したりするわけはないのである。社会的にも、その方が評判がよくなるのだから、なおさらである。

私は何ごとでも保護主義というものが好きではない。もちろん基本において守らなければ、その芽までが枯れてしまうことはある。日本は、第二次世界大戦後に出来た憲法で、男女同権をはっきりとうたった。しかしアメリカの憲法にはその条項がないのだから、アメリカの女性たちはフェミニズム運動に熱心になるのだろう。

しかし憲法にうたわれていることが、実社会でいかに定着するか、ということは、当事者の問題である。私の知り合いのいくつかの会社に聞くと、表向きの男女の賃金には格差がないというところが多い。しかしこういう答えをまともに聞くわけにもいかない。女性は会社で責任ある地位につく率が極めて低い。アメリカでも同じだという。

それは、男性の女性に対する偏見と差別だと、フェミニズムの人たちは言う。しかし私は他にも理由はある、と思うのだ。私は今までに見知らぬ会社に電話をかけて、出て来た女性から要領よくてきぱきした答えを得た、と思った記憶は、ほんとうに数少ない。（中略）

男には知識の塊という人も多いが、私は自分を初めとして、女でそういう人にめったに会わない。多分それは勉強が足りないからだろう。しかし一方で、女性で家事の達人という人には始終会う。私も料理は決して下手ではないのだが、戦争中、疎開していた金沢の県立女学校の同級生も、私が幼稚園から大学まで通った東京のカトリックの学校の親友たちも、料理は実にうまい。だから、女性には能力はあるのだ。しかし、家庭で料理をつくるのがうまい人が、必ずしもオフィスで組織を動かすのもうまいとは限らない。小説を書くことには馴れていても、組織を動かすすべを全く知らない人もたくさんいる。しかしたとえそうであっても、本業がしっかりしていれば、別に瑕瑾《かきん》とはいえない。

人間に向きというものがあるなら、一つの職場で、誰もが同じ能力を示すわけはない。能力が同じと見なす方が、むしろ社会主義的な悪平等である。どんな人も同じに待遇しろ、という理論が、逆に差別を生む。

現実的に女性が社会で強く生きるには

何度も書いているのだが、私は生まれたばかりの赤ちゃんを抱えている女性などを、とても秘書には使えない。赤ちゃんが病気だと言えば、すぐ家に帰さなければならないからだ。そんな半端人足では、私のようないい加減な家内工業の秘書さえ、とてもやっていけない。仕事は福祉事業ではないのである。

子供を職場に連れて来るのも、新しい女にとって当然の権利、という意見が世間を賑わしたこともあったが、そういう甘い話を聞くと、そんな程度だから、女性に仕事はできないのだ、と思う。もちろん今の時代はどんな思想を持つことも許されているのだから、私は普通は黙っていて「どうぞご自由に。ただうちでは、赤ちゃん連れの女性は雇わないな」と秘かに思っていたのである。

子供連れで働きに来ても通るとしたら、それは未熟練労働の世界である。また、他の人とは全く関係がない野良仕事だったら、赤ちゃんを畦道《あぜみち》に寝かせておきながら自分のペースで仕事をすることも可能である。しかし、他人と密接に係わっている多くの仕事は、赤ちゃんこみで仕事をするようなのんびりしたものではない。自分にとっては目の中に入れても痛くないかわいい子供だから、他人も同じように感じてくれるだろう、と思うことが、既に女性のやり切れない甘さと愚かさというものなのである。

私は赤ちゃんが好きだが、秘書が赤ちゃんを連れて来たらやはり仕事はできない。改めて言うのは恥ずかしいが、赤ちゃんの泣き声の中で書けるほど、小説というものは粗雑なものではない。それに大切なのは、小説より赤ちゃんの命だとはっきり思うから、泣かれるだけで仕事に差し支えるのである。

私は決して職場に育児施設を併設することに反対しているわけではない。赤ちゃんを預かる設備を会社毎に作ってくれたら、毎日毎日、仕事前に赤ちゃんを保育所に連れて行く不安や疲労から、母親たちは解放される。しかしそれもあくまで未熟練作業の場合である。女が男と同じ程度に、夜勤や出張や転勤、厳しい研究、激しい外交的な活動、会社の建て直し、などと言ったものをすべてやり遂げながら、自らの手で育児をすることは不可能である。学会や重要な会議に赤ちゃんを連れて出席されたら、はた迷惑というものだろう。或いは、赤ちゃんを連れて、ヨットで数年もかかる世界一周をしたり、エベレストに登ったりするというのも、仮にできたとしても、やはりどこか不自然である。

女性に能力がないのではないが、子育てをしながら男と同じ働きはできないのだ。それにも拘《かか》わらず、同じだと見なせ、ということは、初めからおかしい。しかし、同じでない、とは言わず男女の労働の質や量に基本的な差はない、と言い続ける。そしてそういう嘘を認めなければならないような相手、つまり女とはそれとなく組まないでおこう、という気に、私ならなるだろう、と思う。

何か自分で独特の解決策を立てない限り、女性は子供を育てる間、一時、仕事を離れて子育てに専念する方が自然であり、幸福である。それは少しも能力のなさを示すことにはならない。独特の解決策、というのは、同じような立場の女性と組んで人を雇うとか、実母や姑と同居して子供を見てもらうとかいうことである。

そんなことを言っても、働かなければ子供を養えない、というケースもあるから、その場合には、一定期間、国家が補助を与えること、再就職の制度を整えること、職場に育児施設を併設すること、などを考えるべきである。しかし会社に子供を連れて来て、仕事よりそちらの方に気を奪われている女性を、仕事にうちこんでいる人と同じ待遇をする、という思想の方が、ずっと公正を欠くことだと、私は思っている。

子供を生む、ことだけが、女性に余計に負わされている仕事だと言うが、だから、多くの男は女性の生活を見ることを承認して来たのである。そんなことを言うなら、男にだけ負わされている仕事もある。多くの力仕事がそれである。男だけが、力を出して働くのはつまらないから、女もそれをやれ、とは誰も言わない。

女性たちのゆとりある人生設計

ようやく企業が、子育てをするために退職する女子社員の、数年後の再雇用を保証するようになってきたことは、大変いいことだと思う。

私の家では三人の秘書がそれぞれ約十年間ずつ勤務してくれた。最初の秘書がお嫁に行って、下の子供もそろそろ手がかからなくなった頃、三番目の秘書が結婚することになった。すると最初の秘書が戻って来てくれた。

「私の頃は、コピー機だって素朴で、ガリ版刷りのようなものでした」

と彼女は怨むが、とにかく我が家の気風は知っている。

私が無給の財団会長として働くようになって少し忙しくなると、彼女一人では手が足りなくなって、二番目の十年を勤めてくれた秘書が、一日置きに来てくれることになった。彼女のところは子供たちがまだ中学生と小学校の高学年だったから、毎日の出勤は少し無理だったのである。こうして一・五人のオフィス要員は、家族のような昔馴染みばかりになった。

再就職ということは、雇用者側から見ても、大変にありがたい。つまり「会社」の気風を知り尽くして、再び働きに来てくれるのだからである。「まあ、そんなものか」という日本語があるが、恐らく彼女たちの感慨は、その言葉に尽きるであろう。

夢を描けば、世の中にはもっといい勤め口がいくらでもあるだろう。運がよければそうなるだろうが、運が悪ければそうでないのに当たるのだ。この確率は五分五分であろう。とすれば敢えて危険を冒さず、嫌なところも知り尽くした以前の職場に勤める方が無難ということになる。そういう計算や分別ができるようになることが、人が年をとることのよさなのだろう、と私は図々しく考えている。

前から書いているが、私は乳幼児のいる女性に働いてもらうのは願い下げにしたい。子供が熱を出したと言えば、当然、お母さんは帰さなくてはならない。しかし私の家程度の家内工業的職場でも、秘書に突然早引けされると困るのである。ましてや子連れで勤務先に出て来るなどもっての外だ。

どちらの側から見ても、子供が生まれたら女性は一旦、退職して、少なくとも十年か十二年くらいはべったりとうちにいてやる方が自然で無理がない。

しかし女性たちがそのまま家にいることもない。子供が少し大きくなった頃外へ出て働く方が、世間が見られて面白いに決まっている。子供たちの自立心も育つ。しかもその年代は、家のローンや子供の学費などもっともお金の要る時期だ。その時、再雇用の道が開けていれば、皆があせらず無理せず、気持ちのゆとりをもって人生設計ができるはずなのである。

女闘牛士の敵は男性

歴史が始まって以来、完全に男性社会の仕事として認識されていた闘牛に、二十数年前、クリスティーナ・サンチェスという女性がスペインの正闘牛士＝マタドールとして登場した。闘牛女というべきなのだろうか。クリスティーナ・サンチェスはその一人である。

アンダルーシアのベルハで、彼女は、素晴らしい業《わざ》を見せたことで熱狂的な観衆から牛の耳を与えられた。それは大きな栄誉なのである。しかしそれ以来、闘牛場での闘いは、人と牛とではなくなった。どちらが最高の栄誉を受けるかということで二本足の人間同士が、つまり男性の闘牛士と彼女が争うことになったのである。

彼女はこの世界の開拓者だった。一部の人たちは、闘牛は今でも完全に男の世界のものだと感じているし、女性が入り込んでくることには冷酷だ。しかし、クリスティーナはそういう反応をおもしろいと思っている。また一部の人たちは、クリスティーナが女性だからというだけで興味を抱いている。しかしクリスティーナは女性だからといって何も特別な要求をしてはいない。男も女も同じである。牛に勝つか負けるかだけだ。

確かに女性が四、五百キロもある獰猛な牛を扱うことは、男性が同じことをやるより、はるかに厳しい仕事にはなる。しかしクリスティーナは淡々としている。特に女性の味方をしようとも思わない。

「私は門戸を開いたんです。他の女性たちが後から続いてくるかどうかは、彼女たちの決めることだわ。

私がこの仕事を始めた時、世間は私が多分あまりにもこれをやるには弱いだろう、と考えたの。まるで闘牛というのは、牛を肩で持ち上げることとみたいに思ってたのね。たいていの人が、闘牛というのは、一種の芸術で、筋力の問題じゃない、ってことに気がついていないのよ」

彼女にとっての「敵」は四本足の牛より、二本足の人間、それも男性だ、という方がよさそうである。

しかしそれにしてもおもしろい時代だ。私もまだ闘牛を見て楽しいと思う境地には達していない。この醍醐味がわからないと、晩年、闘牛を見ることを大きな心の支えとしたヘミングウェイの文学を理解できないだろう、などと思って無理して見ているところがある。そして時には追い詰められて殺される運命にある牛を哀れと思う余り、闘牛士の方が負ければいい、などと思いながら見ている瞬間さえある。これなども、冷静に考えてみれば筋の通らない話である。

しかし人間の方も絶対の安全地帯にいるわけではない。闘牛場には、必ず入り口近くに小さなチャペルがあり、闘牛士たちはそこで危険から身をお守りくださいと祈ってから出て行くのだというし、万が一、牛に殺されて遺体となって戻って来る時には、同じチャペルに安置されるのである。

いずれにせよ、男女平等の波が、闘牛の世界にも及んだことは楽しい。

冒険しないで面白い人生はない

二〇〇二年三月十二日に、女性だけ三人の英国人チームが、ガイドなしで徒歩で北極圏に到達するために、カナダのワード・ハント島を出発したことがある。ここは、カナダで最も北のイヌイットの土地だという。

彼女たちは、体重の倍の重さの橇《そり》を引いて、六十日かかる旅に出たのである。隊員の一人、アン・ダニエルスは「すばらしい自分への挑戦です。それと子供たちが、誇りに思えるようなことをしたいんです」と語った。彼女は三十七歳。元銀行の管理職だった。そして三つ子の娘たちを持つシングル・マザーである。

五十歳のポム・オリバーはビルの改修事業で働いており、三十五歳のカロライン・ハミルトンは、映画産業で働いている。

いずれも十代や二十代ではない。人生をよく知った年頃で、彼女たちは敢えてこうしたチャレンジを選んだのである。つまり出世や、お洒落や、恋愛や、普通の旅行より、もっと生きる実感を得ることのできる世界があることを確認しに行ったのである。

三つ子の娘たちは一体何歳なのだろう。もし彼女たちが学齢に達していたら、「ママ、そんなところへ行かないで」と言いそうだ。日本人の母なら、当然のように冒険はしないのである。たった一人の親に万が一のことがあれば、娘たちは不幸な育ち方をしなければならないからだ。

もし三つ子の娘たちがもっと幼ければ、誰が一体彼女たちの面倒を見ることに責任を負うのだろう。母が銀行で働いているなら、託された人は子供が熱を出せば「早く帰って来てください」と伝えることもできる。しかし北極圏を目指している旅では、たとえ病気や遭難を知らされても、すぐ連れ戻すことはできない。そこには親と子の双方で、予想される危険を冒しても、なお人生の夢を果たしたいという選択が明瞭である。

こういう人物と比べると、日本人は実に用心深く、思い切ったことをしない。私は時々、日本の女性たちが、男女同権にならないのは当然だと思うことがある。多くの女性が、私が少し辺鄙な土地へ行く旅に誘うとすぐ、「そんなとこ、怖いわ」と言うのである。

もっとも男にもほとんど勇気のない人はざらにいて、暑いから（寒いから）、汚いから、病気が蔓延しているから、政治情勢が危ないから、遠いから、酒が飲めないから、食べ物が口に合わないから、医療設備が悪いから、などあらゆる理由で、安全な日本にだけいたがる人が多い。

私の実感では、人生の面白さは、そのために払った犠牲や危険と、かなり正確に比例している。冒険しないで面白い人生はない、と言ってもいい。

家庭の妻に見えていないもの

たとえば、あらゆる婦人雑誌は、家にだけはいなかった婦人記者たちによって作られている。夫たちは、専従の妻たちのことを、三食昼寝つきなどと言って楽な生活の見本のように言うが、それなら、明日から交替して下さい、と言ったら、世の中の夫たちは、震え上がるに違いない。もちろん中には、本当に家事に才能のある男たちがいて、主夫になればなったで、料理でも掃除でも芸術の域にまで高めてしまう人もいる。しかし、多くの男たちは、実は家を後にして会社に出れば、ほっとしているのである。やれやれ、これで赤ん坊の泣き声から解放される。自分の母親と女房のケンカに立ち会わないで済む。下水が詰ったから見てちょうだい、と言われなくて済む。

私はよく、家庭にいることのできない、出張の多い夫族に会う。私は初めのうち、このような人々にいたく同情したものであった。もう中年にもなれば、女房の手作りの夕食、妻とのぼそぼそした会話もほしかろう、と思ったのである。ところがこのような人たちは（全部が全部でないにせよ）家を出る時には、名残りおしいどころか幾分ほっとしているらしいということがわかったのである。もちろん、それには条件がついている。やはり女房に惚れており、信頼をおいているからこそ、家を出る時、安心して解放感を持てるのである。と同時にどの家にも問題はある。電気器具が壊れたというようなことから、もっと深刻な人間関係や金銭の問題など、何か困難をかかえていない家もないから、弱い人間としては、さし当り、何時間か何日か、そのことに触れなくて済むのが嬉しいというのももっともである。つまり、少なくとも家の中の小さな問題より、社会の苦労はずっとずっと耐えやすい、ということである。

こんなふうに言うと、外へ出るということはデパートの買物に歩くように楽しいものですか、という質問を受けたことがあった。デパートの買物だって、腹立たしくなることとありませんか、と私は答えることにしている。空気は悪くて頭が痛くなる。売り子のお嬢さんはなぜかその日に限って不機嫌だったりする。或いは私自身の決断が悪くて、予定していたものの半分も用事が済まなかったということも多い。

ましてや男の仕事の辛さは、組織の中にいるということである。組織は人間の能力を拡大して見せもするが、つぶす力も持っている。だからこそ、男はそれを動かす方に廻りたがるのである。

一日駅長、一日郵便局長のように、一日主夫、一日母ちゃんサラリーマンとして、夫と妻が入れ代わってみたところで、お互いにその苦労はわからないであろう。「何だ、こんな家事なんて、知れたもんだ」「大変だ大変だ、って言うけど、お料理屋さんでご飯食べられたり、ゴルフできたりして羨ましいわ」ということになるだけである。ゴルフも料理屋の会食も、仕事となったら楽しいものではない。それは夫の言う通りである。しかしそれにもまして、世の中には、辛いけれどおもしろいこと、胸が震えるような感動的なことがあって、それらのことを、家庭の妻は一生見せてもらえずに過ぎるのだと、私には思えてならない。

女性もどんどん仕事を盗むべき

国連統計局が、毎年、（教育・健康・雇用・環境・貧困・社会的地位）などの各分野で調査し、まとめている報告書の「世界の女性 傾向と統計2015年版」によると、世界的にみて女性の地位はまだ一般的に言って低い社会が多いという。

さらにOECD（経済協力開発機構）による2016年の「男女間賃金格差ランキング」をみても、女性は男性と全く同じ仕事をしても所得は男性より世界平均で二〇〜三〇％低いとし、統計が得られた35カ国では男性を100とすると女性の賃金格差は韓国（36・7％）が最低で、、次いでエストニアが28・3％、日本は三位で25・7％。逆に高い方ではコスタリカで1・8％、二位がベルギーで3・3％、四位にルクセンブルク（3・4％）、六位デンマーク（5・8％）の順だという。

これに真向から非難の声をあげなければ、フェミニズムの人たちに怒られるわけだが、私は一部の女性の仕事ぶりの中に、半人前しか働いていないな、と思うことがよくある。

デパートで売場がどこにあるか聞いてみるといい。同じ階にあってもわからない人は実に多い。すぐ裏の売場にあったのに、わからない人がいた。デパート全体の仕事には全く関心がないことの表れなのである。

会社や商店に電話をして、女性が出てくると、私は正直なところ、反射的にうんざりする。

「お宅の××という商品について伺いたいのですが、あなたはおわかりになる方《かた》ですか?」

と私は初めは穏やかに聞くことにしている。

「ええ」

というから、質問をしゃべりだすと、ほとんど聞き終わってから、

「ちょっとお待ち下さい」

と言う。そして代わりに出て来た男が、

「お電話代わりましたが、どういうご用でしょうか」

と言うのである。同じことを二度言いたくないから、最初から「あなたはわかる方ですか?」と念を押したのではないか。こういう女性社員は実に多い。

つまり、女性はお茶汲《ちゃく》みがいやだ、と言いながら、大半の人たちはお茶汲み以上の専門家になろうとしないのである。専門家でもない「半端人足」には、半分くらいの給料しか払いたくない気持ちが私にはわかるような気がする。

相手がお茶汲みしかさせないからお茶汲み以上の知識が身につかない、というのは言い訳にならない。昔からプロになるための修業はすべて独学であった。余暇に勉強し、

人の技術を盗み、自分で本を買って研究する。それだけの力を持った人なら、会社は必ずお茶汲み以上のことをさせるだろうし、役に立つ社員に男の半分の給料しか与えない、ということもないような気がするのである。

車を運転していて、道がわからなくなった時も同じである。道を尋ねる相手として、女性は避けた方が無難というのは常識である。約何キロ先を左折、とか、五つ目の信号を右折、などというふうに手短に整理して正確に答えられる相手には、実はまだ会ったことがない。

「さあ——」と考えこむか、どうでもいいことを言うかどちらかである。有名な国道の、一本裏側の道に住みながら、つい目と鼻の先にある国道のことを全く知らなかった女性さえいた。彼女の意識の中では、常に自分の存在が地球の中心だから、逆に自分が社会の中で、どういう地理的位置にいるかということには、関心がないのである。

もちろん例外的な女性がいないのではないと思う。ただ、私以外にも、「道を聞く時、女はだめだよ」という人に何度も会ったことがある。

女性も、仕事のプロになるように仕込むべきである。その上で、男女平等の待遇が守られることを要求すべきなのだろう。

女性の社会進出が少ないもう一つの理由

日本では、女性の社会進出が他国に比べて少ないのだという。繰り返しになるが私は社会のどの分野にも女性と男性が自然に混じり合っているのが好きだから、「女子会」などに声をかけられたら、出席を断るだろうと思う。女性だけを対象にした講演会も引き受けないのは、性差別反対だからである。

現代の日本で、女性の社会（政治）進出を妨げる要素はほとんどない。自分が病気だとか、高齢の舅姑がいるなどという場合は別として、子供が小学校に行くようになれば、政治の世界に出ていけない理由はない。それなのに、多くの人が美容とおしゃれにばかり関心のあるセレブ的生活をしたがるらしい。つまり日本人女性は政治に無関心なのか、政治を魅力ある仕事と感じていないかどちらかなのである。

親からの地盤を譲られた女性代議士の一人で、その当選や就任の挨拶の時、今までにただの一度も目の覚めるような勇気や個性を示す発言をしたことのない人がいる。私は毎回その言葉を特に注目して聞いているのだが、こういう人でも年月を経ると閣僚候補に名前が挙がったりする。世間が政治の世界にしらけた気分を持つのも当然だ。

またある女性政治家は「日本は非常に大きな格差のある社会だ」などと、全く事実と違うことを言って民衆を煽《あお》る。日本は世界の中で稀にみる平等で格差のない国なのだ。

才能のない人が、名誉欲や権力欲でその仕事に就かれると社会が迷惑する。私は小説を書くことは好きでそのための勉強はしたのだが、それ以外のどんな仕事にも向いていなかった。

人はめいめいが好きで得意な道を生きればいい。好きなことのない人が、実は一番危険で困るのである。

女性には経済・国際常識、男性には炊事・洗濯

初めは笑い話だと思っていたのだが、次第に笑えなくなる話というものがある。

それは手足もすべて動き、知能も一人前でいながら、家事のできない男たちの無様な

話を聞く時である。女にも料理のできない娘は結構いるが、それでも彼女らは、いざとなればインスタント・ラーメンくらいは作る。しかし一人前になった男たちの中には、徹底してこれら日常生活に必要な基本的な技術を持たないことに、ほとんど矛盾を感じていない人がいるのである。

私は男たちが、これらのことをなおざりにして来て、それが許されると思い、それを理由に妻たちの行動を縛って、数日間の旅行にも出さない話を聞くと（もちろん他人の家庭だから、どうでもいいようなものの）、彼らには「人間として生きる資格がないのだな」という失礼な言葉が頭に浮かんで来る。これらの無能力者はしかも、年寄りだけでなく、若い世代にもいるので、ますます驚くのである。

彼らは、歩けるのに歩こうとしない人、というのと、どこかニュアンスが似ているように思えてならない。ほんとうに歩けない人は、必ず歩こうとするものだが、この手の本来は歩けるのに歩こうとしない人は、始末が悪い。つまりほんとうならこういう怠け者は、会社も官庁も採用してはならない、基本的な生活能力欠落者なのである。

こういう人の心には、どこかに、炊事・洗濯は女の仕事という差別的な考え方が染み込んでしまっている。我が国の大臣たちが何度も失言して世界的な物議をかもした意識が人種差別だとすれば、家事のできない男たちには性差別が染み込んでいるのである。そして中年以上になると、自分が炊事、洗濯、衣服の管理、一切をできないことが、すなわち自分が経済人として、或いは官吏として、一流であることの一つの証拠と思うか、少なくとも許されることだと感じている。

最近の社会では、生涯学習ということが当然のこととして受けいれられるようになって来た。ほんとうに嬉《うれ》しいことである。今やどこへ行っても、市民大学、成人学級、○○ゼミナールといった催しが盛んである。

しかしそれらの学習機関では必修科目を作るべきだろう。男性には基本的な炊事・洗濯・掃除。女性には経済・国際常識にしたらいいと思う。この必修科目を取らない人は、「西洋哲学概論」も「ルネッサンスの歴史」も「仏典講読」も「源氏《げんじ》物語研究」も聴講することができないことにしたらいい。

一つの家庭の中で済むことなら、いかなる非常識も許される。しかし女房が必ず自分より長生きする、という保証はない。独り者になった時、その人は、その無能ゆえに社会に迷惑をかける。

それ以前でも、家事のできない夫のために、妻たちはどれほど自分の自由を奪われているかしれない。旅行だけでなく、友達と遊んでいても、早く帰らなければ夫が御飯も食べず、風呂《ふろ》にも入れずに待っていると思うと、現実問題として気が気ではないのである。

これが老年夫婦の話なら、まだしも許せるかもしれない。しかし、先日、結婚したての二十代の若い夫が、掃除も、炊事も、洗濯もしたことがない、と言うのを聞いて、びっくりしたことがある。昔なら、こういう青年はお手伝いさんがいるような家庭に育ったもの、と相場が決まっていた。しかし今はそうではない。母親という名の家政婦がずっとやって来て、手伝いもさせなかったのである。

家事は男女同権の大敵

いまだに社会に残っている古い感情は、男は台所仕事ができなくて当然、という発想である。こういう思想こそ、男女同権の大敵である。上手でなくてもいい。しかしどんな個体も、生きるためには、家事はすべて「どうやら」やれなくては生存できないはずなのだ。

昔から言われていた言葉に「働かないものは食べてはいけない」というのがある。神の国には敏感に反応する頭の古い新聞記者も、この言葉は少しも思い出さないらしい。アメリカあたりでは、大学を出たその翌月から、金持ちの家族の子供でもこのルールにしたがって自分の収入で暮らし始めるのだと、私に教えてくれた人がいた。

フリーターでも何でもいい。自分で自分の生計を成り立たせていて、しかも法に触れないのなら、自由に生き方を選んでいい。しかし親の金で食っている成人を、社会は甘く許していいわけはないのである。（中略）

先日、或る地方で、刑務所から出て来た人たちがしばらくの間身を寄せる合宿所を見た。こういう人たちが、仕事を見つけるのがむずかしいことはほんとうに気の毒だから、いくらかの間、周囲に気兼ねせずにいられる場所があるのはほっとする。

しかしここでも、説明を聞くと私などはうなずけないことが多い。責任者が一人部屋でないことをやたらと言いわけするのである。もちろんできたら個室がいいには決まっているが、今でも兄弟姉妹と部屋を分け合っている家族はいくらでもいる。だから何も支払わないで暮らしている人たちが多いこうした宿泊所なら、十二畳を四人、或いは、六畳を二人で分けて暮らすくらい当然だろう。

　私たちが訪問したのは午後四時少し過ぎだったと思うが、部屋でタバコを吸ってテレビを見ている男たちが三人はいた。そして調理場では、男性一人を含む二人の調理師さんが夕食の支度をしていた。

「誰か一人のおばさんくらいに指導してもらうのは当然でしょうが、どうして炊事当番を作って住人が自分で御飯を作らないんですか？」

　と私は尋ねた。

　タバコを吸っていた男たちが怠けていた、と私は思っていたのではない。仕事に出たくても、口がなかった可能性が多い。

　それならそれで、なおさら炊事くらい自分ですべきだろう。世間には、働きに出て、どんなに疲れて帰って来ても、炊事をしなければならない人がどれだけ多いことか。この住人にだけ、タバコを吸っている間に御飯ができているなどというぜいたくが許されていいとは思わない。誰か一人、仕事につけなかった人が、見習いの炊事当番をするのが当然だ。ほんとうの病人とか、高齢者とか、身障者はいたわるのが、これも当たり前である。しかし原則は、働かない者は食べられなくて当然なのである。福祉の行き過ぎは、ますます自立を妨げる。

テレビを見てタバコを吸っている間に、御飯の支度ができているなどということは、世間一般の主婦にとっては夢の暮らしだ。一度でいいからそういう生活をしたい、と皆が思っているから、オバサンたちはたまの旅行に出ると、上げ膳据え膳で御飯を食べさせてもらうだけで、幸福いっぱいになる。家庭ではそんな生活を一度もしたことのない主婦がほとんどなのだ。

私がそう言うと、素人に炊事当番をさせたりして、食中毒が出ても困る、などという返事が返って来た。では私の家にも専門家を派遣してほしい、と言いたくなった。それを防ぎながら御飯を作れるようにするのが指導というものだろう。また宿泊している人に御飯の支度をさせることは考えなかった、という言葉も出て、再び私はびっくりした。

ほんとうに日本人は、どこかめちゃくちゃに甘くなっているのではないのだろうか。私は刑務所を出た人だから炊事をやらせろ、と言っているのではない。世間の誰もが、独身のサラリーマンでも、専業主婦でも、妻を失った定年退職者でも、皆がやっていることだから、食事の支度くらいさせて当然だと言っているだけである。そしてまた、できる能力があるのに炊事をしようとしない男は、歯と爪と視力を失ったライオンと同様、生きる資格がないと言ってもいいと思っている。

　原稿を書きながら、私もかたづけものをし、魚を煮たり、庭の草むしりをしたり、よく動く。初めから、書斎にだけいることは許されない、と思っているのだから何でもない。料理が恐ろしく手早いのは、心をこめないからだと皆が見抜いているのだが、それも生活をなりたたせる方法で仕方がないとして、私自身あまり反省もしていない。そして家族もやむなく一蓮托生《いちれんたくしょう》してくれているのである。

言い合える女友だちも財産

　私が仕事によって社会とつながったことのもう一つの利点をあげねばならない。

　それは、私が実に多くのすばらしい男や女に出会ったことである。私は自分の性格が片寄っているから、すべての人とうまくやれたわけではない。はしたないケンカも度々した。しかし、私は人を尊敬しあがめて暮らすのが本当に好きだから、その多くの人々を、どこかの点で深く信頼し敬愛した。そして大ていの場合、深い信頼は、ユーモラスな温い友情を作ることになり、私は尊敬している人たちと悪口を言い合える仲になった。

私の大好きな女友だちの一人に、男と女とは、常に相手の性に対する激しい意識の中にあるべきだ、という人がいる。それは一種の才能である。一口で言うと、彼女はもてる女性で、私はもてない女性なのである。どういうわけか私の親友たちは、こぞって私をその方面の能なし、と保証するのである。そこで多少はメイヨバンカイのために敢えて言うのだが、私は昔も今も、そうならないようにし向けて来たのである。

第一の理由は、私は自分が尊敬を感じるほどの人には自分のような女はふさわしくないと反射的に思うからであり、第二に好きでもなぜ相手に伝えなければいけないのかな、と思うからである。私は時々、蒲団の中でこっそりお菓子を食べるのが好きだが、それと似たような感じで、「好きだから身を引く」とか「好きでも一生言わない」というような、今どきてんではやらない身の処し方も好きなのである。

社会とふれることは、すばらしい男たちに会えることだ、と言った人がいる。私はこの説に賛成である。結婚して何年か経ってみたら、夫と親戚の人と、子供の受持の先生と店員さんとしか口をきく異性がいなくなっていた、というようなことは不自然な状態である。ただし、先の名言の創り主は、恐らく私よりもっと激しい感情、振幅の大きい行動を考えて、「男たちに会える」という言葉を使ったのだと思う。

その人の生涯が豊かであったかどうかは、その人が、どれだけこの世で「会ったか」によって計られるように私は感じている。人間にだけではない。自然や、できごとや、或いはもっと抽象的な魂や精神や思想にふれることだと私は思うのである。

何も見ず、誰にも会わず、何事にも魂をゆさぶられることがなかったら、その人は、人間として生きなかったことになる。この場合、「会う」ということは、単に顔を見合わせて喋る程度のことではない。心を開いて精神をぶつけ合うことである。それができない暮しなんて、動物だと私は思うことがある。

かといって急に社会に出ればいいというものではない。私の知人に、奥さんが（お金に困ってもいないのに社会を知るために）働きに行きたいと言ったので、バー勤めにやり、たちまち奥さんに男ができて、夫婦の仲が壊れかかった例がある。

女の方も社会を甘く見てはいけない。しかし男の方も、女房にただ金を与えて安穏に家庭においておけばいいか、ということを改めて考えねばならない。私は、家庭は一種の座敷牢だとさえ感じることがある。そのような場所に置かれ続けた妻が、もしかして思いがけぬ反乱を起こすかも知れないと恐れることもある。

私の『残照に立つ』という小説は、「恵まれた」家庭の妻が、人生の残照に立って、「自分は何も生かされて来なかった」と怨む話である。自分を庇護し続けた夫こそ、この場合、彼女の一生をめちゃめちゃにした張本人だと思うのである。

そう考えれば、無能で女房を働きに出している夫は、実に妻に対して思いがけぬ優しさと幸福を与えていることになる。そんなふうに考え始めると、私は時々、この世のからくりが改めてわからなくなるのである。

5章
女性にとって老いを生きるとは？

老年の衰えは一つの贈り物

老年はすべて私たち人間の浅はかな予定を裏切る。時間ができたら、ゆっくり本を読もうとすれば、視力に支障が出る人も多い。老年になって山歩きをしたい人など、内臓が健康でも、膝《ひざ》に故障が出れば、それも叶《かな》わないだろう。

一番おかしいのは、ゆっくり趣味を楽しみたいと思う時に、定年退職した夫がいることが最大の予想違いだ、という人も多いことだ。夫が全く家事に無能で、自分でカップヌードルにお湯を注ぐこともできない人だから、と言う。一方で、「今ご主人のいる人はほんとうに大変だと思うわ。私は一人だから実に楽」とクラス会で言い切っているメリー・ウィドウもいるのだから、人生はとうてい計算できない。

ただ私は、老年に肉体が衰えることは、非常に大切な経過だと思っている。

私の会った多くの人は、努力の結果でもあるが、社会でそれなりに自分が必要とされている地位を築いた人たちである。それらの人々の多くは、どちらかと言うと健康で明るい性格で、人生で日の差す場所ばかりを歩いて来た人だった。

しかしそんな人が、もし一度に、健康も、社会的地位も、名声も、収入も、尊敬も、行動の自由も、他人から受ける羨望《せんぼう》もすべて取り上げられてしまったらどうなるのだろう。そして一切行き先の見えない死というものの彼方《かなた》にただちに追いやられることになったら、その無念さは筆舌に尽くしがたいだろう。

しかし人間の一日には朝もあれば、必ず夜もある。その間に黄昏《たそがれ》のもの悲しい時間もある。かつては人ごとだと思っていた病気、お金の不自由、人がちやほやしてくれなくなる現実などを知らないで死んでしまえば、それは多分偏頗《へんぱ》な人生のまま終わることなのだ。

一人の人の生涯が成功だったかどうかということは、私の場合、あらゆることを体験して死ねるかどうかということと同義語に近い。もっとも、異常な死は体験したくない。しかし尋常な最期はそれを受け入れるべきだろう。

愛されることもすばらしいが、失恋も大切だ。お金がたくさんあることも、けちをしなければならないという必然性も、共に人間的なことである。子供には頼られることも嫌われることも、共に感情の貴重な体験だ。

人間の心身は段階的に死ぬのである。だから人の死は、突然襲うものではなく、五十代くらいから徐々に始まる、緩やかな変化の過程の結果である。

客観的な体力の衰え、機能の減少には、もっと積極的な利益も伴う。多分人間は自然に、もうこれ以上生きている方が辛い、生きていなくてもいい、もう充分生きた、と思うようになるのだろう。これ以上に人間的な「納得」というものはない。だから老年の衰えは、一つの「贈り物」の要素を持つのである。

容貌の衰えは自分が気にするほど他人は気にしていない

若い時、美人だったという人に多いようだが、更年期を過ぎて美貌の衰えを感じると、急に気落ちしてしまう人がある。よく四十を過ぎたら、自分の顔に責任を持たねばならない、というのがあるが、私はあの説に反対である。人間は自分の顔にほとんど責任を持たなくていい。もちろん憎しみや羨《うらや》みの感情は人をとげとげしくするから、それがなくなると人間は和《なご》んだ表情を見せるようになる。しかし人間は一時期、とげとげしくならねばならぬ時もあり、すさんだ表情にならざるを得ない状態にも追いこまれる。人間の顔は美しくてもみごとだが、醜くてもみごとである。しかし、そういうふうに、一つの境地に到達すると、多分、人はいい顔を見せるようになるはずである。

何よりも確実なことは、人は他人の顔を、その当人ほど気にしていない、ということである。また客観的に見れば、女優さんのような人は別として、人は当人が思っているほど若い時に美しかったわけでもなく、現在が醜悪なわけでもない。あまり見苦しいと思う人は美容整形の手術など受けてもいいと思うが、つまりそれはその人を根本的には変えないのである。

女性は年をとるほど身なりをくずしてはいけない

年を信じられないくらい若い老女がいた。派手な和服を着ても少しも不似合いでないし、私などは不老の霊薬をひそかに飲んでいるのではないかと信じたくなるくらいだった。

彼女が、米粒《こめつぶ》というものをほとんど口にしないのだということは、彼女自身の口から聞いた。なるほどご飯を食べなければ太らず、こういうほっそりした姿を保っていられるのかな、と私は考えたが、私は米粒というものがまた、大好きだから、その美容のヒケツさえも守れそうになかった。

ところが、彼女とたまたま温泉に行ったことのある私の友人が、私に教えてくれたのである。それは、その美しい老女が、お化粧に、毎日、一時間近くかけているということだった。

「なるほど」

と私は納得した。やはり一つの結果を得るためには、それだけの努力がいるのである。娘時代から、長い間、鏡台というものを持たなかった私は（つまり中年になって、視力の変化があるまで腰かけて化粧したことのなかった私などには）とうてい、まねのできないことであった。

年をとって素顔の美しい人もある。それが最高のものであろう。

しかし年とって化粧するのはグロテスクだ、などとは言うまい。化粧の下手《へた》なのは年齢を問わずにいやらしいが、どちらかというと、年をとって手を加えない醜さのほうが多い。

年寄りになったら、身なりなどどうでもいいようなものであるが、服装をくずし始めると、心の中まで、だらだらしても許されるような気になるものである。比較的若いうちから、女は靴下をきちんとはき、下着も略式にせず、外出の時にはアクセサリーその他を揃《そろ》えることを当然とする癖をつけておくことである。和服を着ている人なら、襟《えり》もきちっとそろえ、裾《すそ》も乱れぬようにし、帯を低めに締めて、真白い足袋《たび》をはき、背を伸ばしていたい。だらしない服装をすれば、楽かというと必ずしもそうではないのである。くずすほうは、ほっておいても自然にくずれる。体力がなくなり健康が悪くなれば、誰に言われなくてもくずれてしまう。それ以前は、できるだけ自分を厳しく律する方向へ向けておくことは悪くないであろう。

やめたい女性特有の奇妙な表現

○孤独、貧困、病苦など、自分の苦しみがこの世で一番大きいと思うのをやめること。苦しみは誰とも、較《くら》べられない。それゆえに自分が一番不幸ということもない。誰も同じ。

このような表現をするのは、主に老女に多いから、これは老年特有のものではなく、女性特有の表現なのかもしれない。確かに「私は不幸だったけど、あなたは何の苦労もおありにならない」という奇妙な表現を、私は比較的若い女性の口から聞いたことがある。

この性癖はしかし、年をとるにしたがってしだいに強くなる。老年は自分中心になるのである。老人は、正直なところ、外界にもはや旺盛《おうせい》な興味を持つことができない。自分とは無関係の外界に興味を持つという能力は男性的なものであって、女性には、やや欠けている力だから、女が年をとると、いよいよ、外界は稀薄になるのである。

外界が稀薄になった場合には、自分の置かれた境遇を、人間の共通の運命、総括《そうかつ》的な社会の状況の中で捉《とら》えることなど、とうていできなくなる。それでいて、「自分の不幸は一番」と思いこむのである。いや、外界が見えないからこそ「自分は一番」と言いきれるのである。社会を見ていれば、私たちは、あらゆることの限度のなさに、息をのむばかりである。はた目には目も当てられぬひどい暮らしをしながら、けっこう楽しがっている人に驚き、あんないい生活をしていて、何が不幸なのだろうとびっくりし、何が何だかわからなくなるから、自分が一番不幸でもなく、一番幸福でもないことだけはわかった！　という気分にならざるをえない。

外の生活が意識になくなると、逆に他人の心を、外側からおしはかることができると信じる非礼を犯す。ある時、私は二人の女性の会話の場に居合わせたことがある。

「あなたのところの赤ちゃんは、いつもすやすや寝てて楽だったわねえ。うちの子はそこへいくと、自家中毒ばかり起こして、本当に大変だったの。子供育てるのだって、あなたと私では苦労が違うわ」

とさらりと言ってのけたのは、やや年上のほうの老婦人であった。すると、楽だと言われたもう一人のほうが答えた。

「でもね、奥さま、私はお宅と違ってお金に困っておりましたから、子供の傍《かたわ》らで指から血を流して内職してましたの。時々奥さまのことを考えて、おたくはお手伝いさんが三人もいらして、ほんとうにお楽でいいなあ、と思っていました」

「あら、お手伝い三人のうち、二人は、舅姑《しゅうとしゅうとめ》用ですよ」

「それでも……」

考えてみると、これは相手をほめ合っているようで、ずいぶん失礼な会話なのである。お互いに相手が大変だったでしょうといたわる気はない。なんとかして自分の苦労だけ証明しさえすればいいと思っている。

ぼけ防止には旅行と家事がいい理由

中年以上の日本人は今、ぼけ防止のトレーニングをするのに熱心だが、私は二つのことが最も有効だと考えている。

それは旅行と、料理を含む家事一般である。

四十代にもなって仕事で旅先へ行くと、私はよく、「今日はお一人ですか?」と聞かれることがあった。勘の鈍い私は、誰か秘密のボーイフレンドでも同行していないのか、と聞かれたのだと思ったのだからこっけいなものだ。しかしそれは、つまり私が秘書を連れて来なかったのか、という質問であった。

四十代、五十代なんて、体力はある。四十代に眼の病気をした時は、私は駅や空港の案内表示板が全く読めなくなったが、それでも私は一人で旅行をしていた。幸いにもここは日本で、私は日本語が喋れるし、日本人は皆親切だ。訳を話せば、ゲートは何番ですよ、と代りに読んでくれる。その後は耳がよかったからアナウンスを聞いていればよかった。

私と同じくらいか、それより若い人が秘書を連れて歩く理由は、もちろんわからないではなかったが、そんなことをしていると、ぼけるだろうな、というのがその時の感じだった。秘書が切符も保管し、乗り換えの駅も教えてくれる。目的地へ着けばすばやくお迎えの車を探す。秘書はりこうだが、秘書を連れている偉い人はぼけ老人のようである。

先日、老人ホームの経営者の人に会った。私も家をたたんで老人ホームに入ることを考えないではなかったが、最近はやはりできるだけ自分の家に住みたい、と考えるようになった。

それが第二の理由、家事や料理をし続けることの大切さに気がついてからである。老人ホームには、大ていの施設に、自分の部屋か共用かで、キッチンがついている。そこで自分の好きなものを作って食べる人はどれくらいいるかが、私の興味だった。ホームにいる人たちの大半が、毎日の献立に不満を持っている。歯ごたえのある固い食物が出て来ないとか、塩味が足りないとかいう不満をよく耳にするので、それなら自分で作って食べればいいのに、と私はいつも思っていたのだった。

「ご自分で作って食べる方はほとんどおられませんね」

経営者は言った。それから私が世間知らずだというような優しい微笑を浮かべてつけ加えた。

「ホームに入られる方はつまり、長年家事をしていらして、それから解放されたい、という方が多いんです」

私がひがんだのは、私は小説家だったために、常に家事を助けてくれる人がいたことだった。そのために、私は「家事はうんざり」という境地にまだ達していないと思われたのだろうし、又事実、それは当たっているのかも知れなかった。

たかがインスタント焼ソバを用意するにも、少し現場から離れると手順が狂うのである。家事というものには総合的な思考と緊張の継続が必要である。家事は下らないものではない。料理だって手順や方法をまちがえれば、熱湯をかぶることもあるし、まずくて喉を通らないようなものもできる。

一生現役でいてぼけないためには、多分生活の現場から遠ざかってはいけないのである。私は、家事全体が土木工事の工程表のように精密に組み立てられていると思うことがある。

　足りない材料は買い、いらないものは捨て、空間を確保し、古いものから使うようにし、消費の量を測定する。さらに突然の変化にも備えなければならない。雪が降った時のこと、田舎の親戚が突然上京して来て泊めてくれと言った場合、家族の入院、雨もりが始まった時、空調が壊れた場合、すべてどう解決するかを考えておかねばならない。電球一つだって、切れたらどう換えるかは、各人の体力能力にかかわって来る。

　人生はそんなに甘くはないのだ。お金で買える安逸ばかりではない。

　聖書には、働かない者は食べてはいけない、という言葉が明記されている。ほんとうに老化したり病気したりして、できなくなった場合は別だ。すなおに感謝に満ちて人の世話になればいい。しかし一応体が動く人たちは、生涯、働いて自分の生活を経営しつづけて普通なのである。

　デパ地下と呼ばれる食料品売場へ行くと、私は今でも感激する。おかずもご飯類もお菓子も、目移りして決められないほど並んでいる。今日はお鍋やお皿を洗いたくないと思ったら、時々こういうものを買って息ぬきもできる。こんなことは、私の子供時代には考えられないぜいたくだったのである。

日本の生活が豊かに整ってくればくるほど体は健康でも、依頼心が強いか、少しぼけた老人が増えるだろう。それを警告する声も必要だとこの頃思うようになって来た。

老年に必要ないくつかの情熱

人間は、老年になったら、いかに自分のことを自分でできるか、ということに情熱を燃やさねばならない、と私は思う。それは、その人のかつての社会的地位、資産のあるなし、最終学歴、子供の数などとは、全く無関係の、基本的人間としての義務だと思う。つまりドロボーをしないとか、立ち小便をしないとか、というのと同じくらいの、社会に対する義務である。

老年になったら、人の助けを借りずに、自分で今日一日生きてやって来れた、ということは、それだけで大事業だと評価していい。できれば、少しでも他人の役に立つ方がいいけれど、役に立たなくても、自分で自分のことさえできれば、それだけでも社会に貢献していることになる。

よく世間では、勲章の是非、それを受ける人の資格、などに大変熱心な人がいるが、長生きして自分のことは自分でして、健康で医療機関にもあまりかからなかった人は、是非一定の時期に叙勲するのがいいと思う。そういう人は慎ましく、確実に、無言のうちに国家に利益を与えたのだから。

人間は、たぶん最低二つの顔を持つべきだろう。第一の顔は、動物に毛が生えた程度の道具を駆使して、動物より少し程度の高い生活を自分で維持するという基本的能力である。つまり、金槌《かなづち》でクギが打てるとか、ガス台に火がつけられるとか、仕様書を読んで簡単な機械を動かせるとかいう程度のことである。

第二は、生命維持のラインをはるか離れて、もっと抽象的で組織的な知能上の生活をなすことである。学問でも、経済でも、政治でも、何でもいい。しかし、第一の段階を離れて、第二の段階はない。それなのに、自分の仕事だけが重大で、第一段階などにかかわっちゃいられない、という気分に生涯しがみつく男たちができてしまう。

これは理由のない自信というべきだろう。すべての人がその年に合った生活の方法を要求される。寿命という言葉は、ギリシア語で「ヘリキア」と言うが、これは寿命と共に「その年齢に合った職業」という知恵が隠されている。つまり青年は運動選手に向くが、中年はもはやスポーツで記録を出すことはできない。しかし中年以後にいい仕事ができる医師のような職業もある。そして老年には、青年時代、中年にはない、深い観照の能力が生まれる。その時々の精神の寿命を私たちは十分に使い切ることがみごとなのである。

もちろんいかなる人も、事が夫婦や家庭内で納まる程度なら、かなり特殊なことでもやって構わないだろう。しかし万が一、その体制が壊れた時のことを考えないということは、やはり怠慢と言われても仕方がない。言うまでもなく、私は病気で身体を動かすことのできない人にまで、そういう生活をしてください、と言っているのではない。健康なら、老年こそ、自分のことは自分で、という原則を全うすることが、人間として深い完成に繋《つな》がるという、謙虚な発見に回帰すべき時だろう、と言っているだけなのである。

老年になったら、何ごとも、おもしろがればいいのである。そのためには主体性を持たなければならない。女房が出掛けたので、飯を作らされる、というような受け身の姿勢ではダメだ。

よし、女房なんかいなくても、ハヤシライスを作って一人で食べよう。あんなもの、オレがやったら、出来合いのルーなんか使わずに元から作って、もっと個性的な、魂も蕩《とろ》けるような味を出してやる。女房なんか何十年も料理をしている癖に、野菜を煮て同じルーを入れるだけだから、十年一日のようにあの味だ。見ていろ、オレの方がずっと才能があるに決まっている。

そう思って作って見ても、失敗することもあるだろう。その時は女房に気取られないように、失敗作をゴミ箱にぶちこんで、「何作らぬ顔」をすればいい。そして密《ひそ》かに次回の作戦に取りかかる。

失敗しても、へたくそでも、何でもおもしろいという、すばらしい自由な時代に入ったのである。これこそが究極のしゃれた「大人気」だ。このたった一つの地点に到達できないと、いい老年になりそこなう。

年寄りの一つの悪癖

年寄りの一つの悪癖は、嘘つきになることである。

ことに日本人には遠慮という表現法があるから、その嘘も、決して悪意からでたのではないのである。むしろ、こうありたいという希《ねが》いを、現実の望みと混同して表現する場合もある。

しかし、若い世代はなかなか、そうは思わない。老人が心にもないことを言い、小細工をし、ずるいことを言うというふうに、道徳的に悪意にとるから、むしろあからさまに、自分の望みを言うことのほうが、はたから見てかわいらしい老人に見える。

「おばあちゃん、お菓子いらない?」

おばあさんは遠慮して、

「いらないよ」

と答える。すると若い世代は忙しいし、自分たちがいつも心のままに答えているから、老人の言葉を、そのとおりだと思う。それで、「いらない」と言ったのだから、老人には与えないのである。それが年寄りには気にくわない。「いらない」とは言ったが、実はほしかったのである。今日でも、まだこのような心理のパターンを持つ年寄りがひどく多い。これは果たして将来、変わるものかどうか、興味あることだが。

死を感じる習慣はこの上ないぜいたく

若い人々に、常に死のことを考えさせるのは必要なことである。これはできるだけ幼い時からの方がいい。なぜなら、死は極く小さい子供にも残酷に訪れるし、我々のように幸運にも中高年まで生き延びた者にも、死は必ずいつかやって来るからである。それは手厳しい現実であり、深い意味を持つ真実である。だから死について学ばせることに早すぎるという観点はないのである。

私はカトリックの学校に育ったおかげで、まだ幼稚園の時から、毎日「臨終の時」のために祈る癖をつけられた。もちろん当時の私が死をまともに理解していたとは思われない。しかしいつか人間には終わりがある、ということを、私は感じていたのであった。そういう習慣をつけてもらったということは、この上ないぜいたくであったと思う。

死の概念がなかったら、人間は今よりはるかに崇高でなくなるだろう。もし人間が永遠に死ねないものであったなら、人間の悲劇は、これ以上ないまでに大きなものになるし、その弊害はかつて地上になかったほどの地獄のような様相を呈するだろう。その時、生きるすべてのものは精神異常になっているに違いない。

死があってこそ、初めて、我々人間は選択ということの責任を知る。自分がどんな生涯を送るか、自分で決める他はないことを知る。もちろん国家や社会形態によっては、自分の生涯の在り方を自分で決定するなどということはとてもできない場合もある。思想の自由がない国では、人間は妥協して生きる他はない。信仰、旅行、教育を受ける機会の自由がなく、子供を何人持つかまで国家によって管理されているような恐ろしい国で、自分の選択によって人生を作れなどということは、それだけで残酷なことだ。

しかし少なくとも、現在の日本では、私たちは自分の生涯のデザインをかなり自由に自分で描ける。

死を前にした時だけ、私たちは、此《こ》の世で、何がほんとうに必要かを知る。私たちは日常、さまざまなものを際限なくほしがっているが、もし明日の朝には世界中の人類が死滅する、ということになった時には、誰もがいっせいに、今まで必要と信じ切っていたものの九十九パーセントが、もはや不必要になることを知るのである。お金、地位、名誉、そしてあらゆる品物。すべて人間の最後の日には、何の意味も持たなくなる。

最後の日にもあった方がいいのは「最後の晩餐《ばんさん》用」の食べ馴《な》れた慎ましい食事と、心を優しく感謝に満ちたものにしてくれるのに効果があると思われる、好きなお酒とかコーヒー、或いは花や音楽くらいなものだろう。それ以外の存在はすべていらなくなる。

その最後の瞬間に私たちの誰もにとって必要なものは、愛だけなのである。愛されたという記憶と愛したという実感との両方が必要だ。

死後きれいに何も残さない計算

私は建築後約四十年も経《た》つ古い家に住んでいる。増築した書斎以外は、断熱材も入っていない。しかし夫が断じて建て直しをしないというので、その意見に従っている。

「うちの前の豪邸の解体工事を見てただろう？　鉄筋コンクリートだから、壊すのに二ヵ月かかった。壊し賃も億単位だろう。その点うちなんか木造だから壊すのも三日だ。我々が死んだ後、三日で跡形もなくなる。簡単なもんだ」

人間は死んだ後に何も残さないのが最高、と私たちは思っている。記念碑や文学館なども困る。どなたかが書棚の隅に数冊の自著を置いてくださって、それを読んでくだされば、最高の光栄なのである。

しかし古家の困るところは、いつもどこか修理をしていないといけないところだ。自宅も海の傍《かたわ》らの仕事場も、屋根が雨漏りしてバケツやボールを置いて凌《しの》いだ。友だちは、「小津安二郎の映画の場面みたい」と言ってくれた。

東京の家では、夫の両親が長年庭先の別棟に住んでいた。古い家で天井が高い。玄関に小さな式台、ガラス戸は木製ですきま風が吹き込む。寒さに弱い私は、自分の都合で姑《しゅうとめ》に「安いプレハブに建て替えましょう」と言った。ところが姑は質素を旨とする新潟県人気質で、「いいえ、私はすぐ死にますからむだです」と承知しなかった。そう言われてから二十年以上生きたが。

姑が先に亡くなった時、ご都合主義の私は再び、「今度こそ好機」と感じた。こんな寒い家では残された舅《しゅうと》の介護をする方がたまらない。小さくても冷暖房のよく効く家にしてしまおう、と企《たくら》んだ。ところがその時は、傍らについていてくれた看護の女性から反対が出た。

「おじいちゃまは、ベッドから下りて左に行って、左に廊下を曲がった左側がトイレと体で覚えていらっしゃるんです。新しい家で間取りが変わったら、押し入れで用を足されますよ」

　私はその優しい言葉に従って、舅が住む古家には小さな修理しかしなかった。舅が亡くなって十日目は豪雨だった。その日までどうにか保っていた昭和初期の家の屋根が、その日耐え切れなくなったように一斉に雨漏りし始めた。何という優しい屋根だったんだろう。舅が生きている間だけは体を張って雨を防いでいてくれたのだ。

「もったいない運動」など、私の年代ではずっとやってきた。それは存在と才能を使い尽くし、死後にはきれいに何も残さない計算のできることだ。人間でも物でも、それがどう使えるかわからない人には、経営も人事も創作もできないだろう。冷蔵庫に残った小さな豚肉の塊とキャベツとお豆腐半丁でどんな料理ができるかということは、課題作文、人材の使い方、創作などの共通の秘訣《ひけつ》として、まことに興味深いものなのである。

死が確実な救いになるとき

　今は生活保護というものがあるから、人間は餓死からは救われた。

生活保護を受けるようになってから、すばらしく明るくなり、それまではできなかった歯の治療を再開した人もいる。医療費はすべてただなのだという。アル中の人の中には、生活保護のお金を受ければ、その足でお酒を買いに行く人もいる。そして幸せになって飲み続ける。我々国民は、こういう人のためにも税金を使われるのだが、それでもどうにもできない。しかし考えてみれば、その人にとってアルコールが体内に入るということが、生きる実感なのだ。弱者が実は強者である実例だ。

私は今でも、そして誰にとっても、死ぬしか解決がつかない状態というものがある、と思っている。皆が助け合って、困った人を救うというのは美しい話だが、そのような美談はいつも成立するというものではない。それは出来の悪いテレビドラマの筋で、すぐにばれるような嘘がある。だから少し賢い人は、そんなお伽話《とぎばなし》のような解決策を期待してはいない。これは私が、不仲な両親の間で育った子供時代の実感だ。そしてそういう時、人間はたとえ子供でも、救いに希望をかけられず、一番いい方法は、自分に死が与えられることなのだ、と考えているのである。

今でも、死は実にいい解決方法だと思う場合がある。自殺はいけない。人殺しもいけない。しかし自然の死は、常に、一種の解放だという機能を持つ。痛みや苦痛からの解放だという場合もあるし、責任や負担からの解放である場合もある。周囲の人に、困惑の種を残して行くという点で無責任だという場合はあるが、死ぬ側にとっては、自然に命を終えれば、死は確実な救いである。

こうした死の機能を、私たちは忘れてはならないと思う。

どんなに辛い状況にも限度がある。つまりその人に自然死が訪れるまでである。期限のある苦悩には人は原則として耐えられるものだ。だから私たちは、自分の死を死に易くするためにも、もし今苦しいことがあったら、それをしっかりと記憶し、死に臨んでそれらのものから解放されることを深く感謝すればいいのである。

離婚する女性は老後の淋しさへの覚悟がいる

配偶者に死別した場合、あるいは自分が望まなくても捨てられた場合には、ひとりで暮らすことに、ある種の諦めがあるようである。

しかし、自分から望んで離婚した人々の中には、老後になって非常に淋しい生活しかないことに愕然《がくぜん》とする人があるらしい。

私の昔知っていたある夫人は、気むずかしい夫のために、彼女の言葉によれば、地獄のような苦しみを味わった。いつ夫に叱られるかと恐れつづけたために、ハゲになってしまったこともあった。ついに耐えきれなくてこの状態から逃《のが》れたあと、彼女は苦労して子供を育て、やがて、息子夫婦は外国へ駐在員として移り住んだ。彼女は一人きりになってみると、淋しさが身にしみるようになった。

何げなく歩いている夫婦を見ても、あの人たちは二人だからいい、と思う。その息子という人の話によれば、かつて離婚しなかった頃の母は、ひたすら自由に憧《あこが》れていた。しかし、一人になってしまえば、自分がやっとの思いで得た幸福はただ、不満の種になるだけであった。

憎しみさえも、時には淋しさよりいいということになるのだろうか。このへんのところを、人間はあらかじめ予測することは不可能なのであろうか。

望んで離婚して一人になったのなら、年とった夫婦を見ても、「ああ、あのひとは、年とってまだ夫《ひと》の面倒をみてる。大変だなあ。その点、私は何と楽だろう」と思えなければ意味がないのである。

夫と死別した人もそうである。他人を悪く、自分をよく思え、というのではないが、一人には一人のよさがあることを考えねばならない。

その反対に、昔、仲がよかった夫婦で、夫のほうが、脚《あし》が不自由になった人がいた。夫は大男であった。お手洗いの介抱をするにも、容易ではない。老夫人は小柄な人であったが、しだいに看病するのを、こぼすようになった。早く死んでくれたほうがいい、と口に出して言ったわけではなかったが、そうとしか聞こえないような言葉を口にするようになった。

人間は弱いものだから、自分を庇護《ひご》してくれていた間だけ感謝し、自分のお荷物になると憎むようになることもあるかもしれないけれど、昔、仲のよかった夫婦なら、相手に対する感謝の思いを示すためにも、優しく労《いたわ》り続けるべきではないかと思う。そうでなければ……あまりにも侘《わび》しい。

死別は暴力である

いつのまにか、私の周囲には、たくさんの一人になった夫婦の片割れがいるようになった。自動車や飛行機の事故に遇わない限り、これが夫婦の辿る普通の運命である。

もう四十代で夫に死に別れた人もいる。中には厳しい姑の傍らで、夫が唯一の防波堤だった人もいる。その夫を失った時、彼女の身辺を襲った荒波は、どれほどの激しさだったことだろう。それでも彼女は生きて来た。それが人間の当然の運命だったからだろうが、そこに私は凛とした偉大な自然さを感じるようになった。生き残った者は一人で残りの人生を全うしなければならない、という人間の使命にその人は素直であった。そして嬉しいことに、その後の彼女の後半生は決して暗くはなかったのである。

子供がいても、夫婦の死別の後の喪失感は必ずしも子供が埋めることにはならない。この頃の子供は別居していることが多いし、親子の関係と夫婦の関係は全く違う。夫婦しか同じ時間と体験を共有している人間はいないのである。

だからいつの時代でも、死別は暴力である。現世に戦争や犯罪などの暴力がなくなっても、死別の暴力だけは決してなくならない。

元へ戻らないということは、普通の人間の生活では大きな悲劇である。足を折っても たいていの場合それは数ヵ月で治る。しかし足を切断しなければならなくなると、これは大きな損失になる。

嵐で屋根瓦が飛んだくらいなら、出費は手痛いがまだ災難という言葉で済む。しかし濁流で家が流されたら、一家のアルバムも消えるのである。

未来永劫ということは、人間は普通の場合体験しない。地球の終焉にはまだ立ち合っていないのだし、すべての事態は百パーセント修復はできなくても、かなりの部分補完が利くのである。視力を失った人、耳が聞こえなくなった人、足を切断した人は、二度と再び、この世の風景を見ることができない、愛する者の声を聞くことができない、二本の足で立って歩けない、という苛酷な運命に出会うわけだが、その場合でも、見聞きし移動するという機能を或る程度補完することができる。

花の匂い、風の吹き過ぎる感じ、潮騒の音、雨の湿度……それらのものが次第に見ているような感じを盲目の人に与えるようになる。

耳が聞こえなくても手話ができるようになると、相手の声が聞こえるような気がするという。手話には私たちには聞こえない声があるのだ。だからいわゆる肉声ではないが、相手の声は伝わるようになる。

手足を切断した人でも、補完的な装具や信じられないほどの筋力がそれを庇う。私は手足を備えているが、手足のない人で私よりうまく泳ぐ人はいくらでもいる。

だから人間は補完が利くことが当然と思って暮らす。しかし絶対の喪失は決してなくなってはいない。絶対の喪失は、地球が存続している間は人間の死だけである。他者と自らの……。

だからそれに耐えるためには心の準備をしなければ、と私は若い時から思い続けて来た。自分の死を思わない日は一日もなかったけれど、中年以後は、家族を失って自分一人になる時のことも、しつこいほど考え、恐れ続けた。

旅に出ていると、私は自分の帰る家と家族がいることを、夢のように幸せに感じた。離れているのだから、別に家に家族がいようといなかろうと同じじゃないか、私が一人になったら、私は恐らくそう言って自分を納得させるだろう。昔だって自分は一人で旅行に出ていて、決して三百六十五日、家族といっしょということはなかったのだから、と。しかし帰る家に家族がいるということは、家が温かいことなのであった。

遠い旅先で、私はしばしば全く荒唐無稽な空想に脅えることを思いだす。私は何かの理由で、ヨーロッパの或る国から、日本の家に帰る方途を失っているという仮定である。私はこの先何年かかろうとも、日本まで歩いて帰らねばならないのである。

私は数年前にひどい足の骨折をしてからは、やはり以前ほどの運動機能はなくなっていたから、日本まで歩いて帰り着くということは、私の命のある間に可能なことかどうかもわからなかった。しかし何年かかろうとも、何万キロあろうとも、私は歩き始め、歩き続けるだろう、と感じていた。

それはただひたすら運命の修復を求めるからであった。

人間にとって老いと死は理不尽なもの

死を前にした時だけ人間は、何が大切で何がそうでないかがわかる。

マルクス・アウレリウスは、健康な精神は、生起するすべてのものを喜んで受け入れるはずであり、死もまたその対象の一つにほかならない、ということを『自省録』の中で述べているが、彼は同時に（私流に言えば）現世に深く絶望することの必要性にも触れているのである。

その絶望は決して破壊的なものではない。それは心の解放と、むしろ新たな希望とにつながるものなのである。

前にも述べたが、私は三十七歳の時に『戒老録』を書いた。その頃、女性の平均寿命は七十四歳だったので、私は折り返し点を過ぎた今から、自分に向かって老いを戒めるものを書いておくべきだ、と思ったのである。

それを可能にしてくれたのは、私が自分の母、夫の両親と同居していたことであった。老いや死に近付くことを考える材料に困らなかったのである。三人とも、善良で知的な人々だった。

おかしな言葉かもしれないが、三人は誠実に老い、二人の母たちは一生懸命に死んでいった。実母は亡くなった時、角膜を提供した。私に老いと死の姿を過不足なく身近で見せてくれたということは、三人の親たちの、私への大きな贈り物だと今でも思う。

「政治がよくなれば、生活に苦しみがなくなる」などということが幻想に過ぎないことは、誰にも襲ってくる老いと死があることを考えただけでも理解できる。

何もしないのに、人間は徐々に体の諸機能を奪われ病気に苦しむことが多くなり、知的であった人もその能力を失い、美しい人は醜《みにく》くなり、判断力は狂い、若い世代に厄介者と思われるようになる。

昔の人々は老いと死を人間の罪の結果と考えたが、それもまたまちがいなのであった。何ら悪いことをしなくても、それどころか、徳の高い人も同じようにこの理不尽な現実に直面した。

老いと死は理不尽そのものなのである。しかし現世に理不尽である部分が残されていなければ、人間は決して謙虚にもならないし、哲学的になることもない。

そのことに人々が気づきだしたということは朗報である。

孤独死にも価値がある

一人で死ぬのは無惨だ、という説がこのごろしきりに言われる。いわゆる独居老人がたくさんいて、亡くなっても誰も気づかない。新聞が溜まるとおかしい、というあたりで誰かが警告すればいいが、時には遺体が腐敗して、ドアの下からウジが這い出してくるようになって、初めて気がつくというような結果になると、それは何かおぞましい事件か途方もなく悲惨な死に方というふうに解釈される。

しかしほんとうにそうだろうか、と私は思う。たしかにウジが湧くまで放置されれば、後片づけが大変だ。死に方によっては普通の人が手をつけられないほど、感染の危険があるような遺体の腐敗状態になって、そうなると素人の清掃では手に負えなくなる。ことにピストルなどを使った自殺の場合は、天井まで吹き飛ばされた脳漿《のうしょう》が散って、宇宙服のような装備を身につけた専門家でなければとうてい後始末はできない、というアメリカの葬儀会社の本を読んだこともある。人間死ぬ時も、できたらできるだけ人に手をかけないように、「普通に死ぬ」ことがいいのである。

しかし孤独死はそれほど珍しくもなく、それほど残忍なものでもない。ドイツの強制収容所における死は、決して孤独死ではなかった。それはガス室の中であれ、普通の居住棟の中であれ、詰め込まれた人間たちの死であった。

私は一九七一年に初めて取材でアウシュヴィッツに行ったが、当時はまだ外部の人に見せる体制も整っていなかったので、生々しい状況が残っていて心臓が結滞するほどショックを受けた。

彼らの寝る場所は、日本風の押入れそっくりの構造であった。二段になった段の幅は約一間（約二メートル）ほどで、奥行きはぎりぎり人間の背丈ほどの長さである。ただその一段に十人くらいが詰め込まれていたというから、いくら彼らがやせ細っていても、平らになっては寝られない。横向きの格好で缶詰のイワシのように詰め込まれていたはずだ。

極端なことを言うなと叱られるかもしれないが、私はあれこそ「孤独死ではない死に方」だったと思う。しかしこの上なく無残な死であった。

孤独死にいたる老人には、それぞれの歴史がある。なかには子供好きで妻にも優しかったのに、どうしてか家族に恵まれなかった人もいただろう。私の伯父の一人にもそれに近かった人がいる。最初の妻は離婚したようだが、後三人の妻はつぎつぎと病死したのである。戦前のことだから、心臓の機能障害も打つ手はなかったし、肺炎でも結核でも死んだ。

今だったら三人目の妻が死んだ時、もし伯父が代々の妻たちに高額の保険金でもかけていれば、警察が聞きに来たかもしれない、と私たちは話し合ったこともある。最後に結婚した女医の奥さんだけは元気で生き延びてくれた。人間には不思議な運があって、それをどうしようもない。

しかし世間には煩《わずら》わしい人間関係を拒んだ人もいるのだ。煩《うるさ》い親戚を避けようとしたり、好きな博打を禁じられるのが嫌だったり、妻や娘に疎《うと》んじられると自分は彼らの目の前から消えてやった方がいいと考えたりする。

その他、とにかく人と会ったり話したりするのが面倒だという人もいるし、一ヵ所に定住するのに耐えられない強固な放浪癖を持つ人もいる。あまり実生活の能力がなさ過ぎると誰もがいっしょに住むのを嫌がり、気がついたら一人だったというケースもあるだろう。

自分から望んでそうなった人と、結果として一人になってしまった人とがいる。しかしとにかく一人でも、その人たちは生きて来たのだし、一人でしか生きられないような性格や、生理を持った人というものは、まちがいなくいる。その人たちの人生の細部の幸不幸を外部が判断することはできない。ただ客観的に言えることは、どうにか飢え死にもせず、一定の歳まで生きて来たという事実は、それだけでも、世界的なレベルではいい方だ、ということだ。

自分の始末の仕方

これもかなりむずかしいことだが、死後、親の着物を何十枚と残されて困っている子供も結構いる。昔の人と違って、今の人たちはよそ行きにでも、着付けにお金のかかる着物などあまり着ないからである。

日記、写真など、子供がぜひ残してくれ、と言わない限り、老人と呼ばれるようになったら、少しずつ始末して死ぬことだ。ただこれが、私にはなかなかむずかしい。

衣服はもうあまり買わないようにしようと思うし、食器なども、客用のいいものをどんどん使って楽しく食事をして、もうこれ以上数を増やさないようにしようと思うのだが、旅に出てきれいなものを見るとつい欲しくなる。こういう煩悩《ぼんのう》は切り捨てるべきだということはわかり切っているのだが、あんまり禁欲的になると生きる意欲が削《そ》がれる場合もある。

ただ全体の方向としては、減らす方向に行くべきだ、ということだけは、心に銘《めい》じておいたほうがいい。

これは私の全く個人的な目標なのだが、私は自分の写真を残すとしたら五十枚だけにしたい、と思っている。もうすでにかなりの量を焼いた。私から見て叔父叔母は懐かしい人たちだが、その人たちの結婚式の写真なども焼いた。私の子供の時代になったら、もう会ったこともない人たちのことは——ほとんど興味を持たなくてもしかたがない、と私は思っている。

その点私の母は、みごとな始末の仕方をしてこの世を去ったと思う。

もう体が不自由になって、外出もできなくなったと自分で思ったのだろうか、彼女は、死の数年前に、着物から新しい草履《ぞうり》、ハンドバッグ、ちょっとした指輪まで、全部ほしいという人にあげてしまっていた。草履は二足だけ、病院へ行く時用に残した。着物は、自分で縫ったウールの楽な外出着が数枚だけ。まともな着物は二枚しか残っていなかった。この二枚は、私が母のために沖縄から買って来た琉球紬《りゅうきゅうつむぎ》で、「これは、私が後で着るんだから、人にあげちゃだめよ」と言って母に渡したものだった。母はその約束をちゃんと覚えていて、後で背の高い私でも充分に着られるような丈《たけ》になるように裁《た》って、一応自分の着物にしていたが、ついに袖を通すことはなかった。

母は六畳にキッチンとバス・トイレがついた部屋にいたのだが、遺品を始末するのは半日だけしかかからなかった。使わなかった紙おむつ、車椅子、などもすべて寄付した。

後には、ただ爽やかな日差しだけが空っぽになった部屋に残っていた。

おかしな言い方だが、母が亡くなった時、僅《わず》かばかり持っていたへそくりもちょうど尽きかけた時だった。母が一文なしになっても、私は母の生活を見て、お小遣いを用意することくらいはできたと思うのだが、母はその直前に死んだ。八十三歳だった。

財産でさえうっかり残すと、後に残された遺族は手数がかかる。何も残さないのが、最大の子供孝行だと私は感じている。

私の考える人生の最終目標

不眠症と鬱《うつ》病《びょう》に苦しんでいた時私が夢みた人生は、いつか年とった私が南方の（外国の）どこかで、水上家屋の、道に面したペンキのはげちょろけになった階段に坐って貧乏ゆすりをしながら、じっと夕陽を見ている図であった。その時の私にとって、せめてそれが一つのきわめて具体的な理想だったのである。

海で暮していると、私は夕映えの度にあらゆる仕事を中断して庭に出た。そして夕陽が海か雲か山に沈むまで見ていた。

私は本当に何度、魂をとろかされるような夕映えを見たことだろう。それは完璧な一つの表現であった。いかなる文章もそれを表現することは不可能であった。あらゆる絵画よりもそれは能弁であり、あらゆる詩よりもそれははるかに包括《ほうかつ》的に思えた。

私の考える人生の最終目標は、この夕焼を見る時の私のような生の実感を、できうる限り濃厚に味わいつくして死ぬことであった。濃厚ということには必らずしも、「美しいもの」だけが含まれるわけではなかった。憎しみにしても淡いよりは、もしかすると濃い方がいいかも知れない。何ごとによらず強烈に、というわけである。

もっとも私は弱く卑怯だから、濃い憎しみや苦しみに合うと、すぐお手あげをして、「もうたくさんです」と言いそうではあった。

しかし、何千何万回の魂のとろけそうな夕映えを見たとて、それでどういういいことがあるだろう、と言われればそれ迄なのである。夕映えはそれ自身感動的なだけで、決して私の物質的、或いは社会的な生活をささえてくれるというわけではない。ダイヤモンドや毛皮を体中につけて人を驚かせたい、という人からみれば、ほんとうに子供くさい楽しみなのである。

どちらが高級でどちらが低級というものではない。生き方と目標は好みの問題である。そのどちらでも構わないが、この二つには明らかな志向方向の違いがある。夕映えを見て喜こぶ心は、要するに自分が楽しいと思うものがいいのである。それに対して、世間で通常よいと言われている生き方を大した疑念も持たずに受けいれるということは、他人の望むことを評価の基準にすることである。

通常私たちの住む世界は、ありがたいことに、私が恐れるほど明せきではない。口先だけで平和を言い、私でない誰かに防衛を任せていても、何とか事は済んで行く。日本が平和でなくなりかけたらお前はどうするか、などと問いつめなくても、何とか一生過ぎて行くのである。

人生最後の時に「少し悪いこともしてみたくなった」

私が二十代の初めに、小説家の道を選んだ時、作家になることは、決して選ばれた人の「選業」ではなく、むしろ一族の間で爪弾《つまはじ》きされ卑《いや》しめられる「賤業《せんぎょう》」に就くことだったという事実が、もう今ではどうしても理解されないのである。しかし私はそのような「賤業」に就く破壊的なマイナスの「光栄」をはっきりと自覚して道を選んだ。私は堅気の世界から、自ら追い出され、手を切ったつもりだった。だからと言って、自分がすぐ変わったわけではないが、世間がそう思うなら、好きな道のためには、どんな評判も甘んじて受けることは当然と考えていた。文化人性善説など当時あったら、私もその頃は若かったのだから、どんなにか救われたことだろう。

悪も善も、真相は人間以外の（神とか仏とか悪魔とか言った）ものにしかわからない。だから私は人を裁く気もない。そこで残るのは、多少の差はあっても「ほどほどの不純」ばかりである。

投書の中で、すばらしいのがあった。その方は、私が新しい仕事に就いたのをきっかけに、今まで行ってみたこともなかった競艇場というところへ行ってみることにした。すると、あたりが汚いのにびっくりしてしまった。私が見に行った平和島はそうでもなかったが、中にはきっとそういう競艇場もあるのだろう。

しかし、彼はそこで、もうあまり若いとは言えない一人の女性と知り合いになった。知り合う、と言っても恐らく日溜《ひだま》りの中で言葉を交わしただけなのだろうが、そこで彼は、その女性の生き方の一部を知ることになった。

彼女は、もと校長をしていた人であった。そして彼女は、人生の最後の段階の自由の中で、「少し悪いこともしてみたくなった」のであった。

私はこの言葉にほとんど涙ぐみそうになった。生涯のふくよかな完成とは、恐らくこういう境地を言うのであろう。この頃よく誤解されるのでくだらない説明もしておかなければならないが、涙ぐみそうになったのは、競艇場に来て頂いたことがありがたかったからではない。先生という職業上、世間で一応悪いと言われていることは全《すべ》てすることのできなかった長い年月の果てに、彼女が「ほどほどの悪」かもしれないことも、自由にできるようになった境地を楽しむようになった、その日溜りの中のような姿に胸をうたれたからであった。人生には最後まで、思いがけないしなやかな発展がある。競艇場で初めて彼女は、人生を広角度で観《み》られた。そして、そこにささやかな幸福も、思いがけない明るさも、信じられない優しさもあることを知った。

この話を、私はほんとうは短編小説にしたかったのである。しかし出典が明らかな投書にあった話を、黙って小説に書いてしまうことは憚《はばか》られた。だからこうして、いい話を、素朴に材料のまま伝えることにした。それもよかったと思う。

◇出典一覧

1章　いい加減がちょうどいい

おかげで自分を善人だと思わないで済んできた――「正義は胡乱」120-123：小学館
幸福の尺度を見直す――「生きるための闘い」126-128：小学館
ケータイでやりとりの人生は少しも濃厚にならない――「ただ一人の個性を創るために」229-231：ＰＨＰ研究所
「恥知らず」は本当に怖い存在――「ただ一人の個性を創るために」231-233：ＰＨＰ研究所
読書は精神や魂の肥料――「ただ一人の個性を創るために」136-138：ＰＨＰ研究所
女性は一人遊びの習慣をつけるべき――「完本・戒老録」80-81：祥伝社
心の穴を埋める方法――「誰にも死ぬという任務がある」154-156：徳間書店
人を疑うのは悪いことではない――「至福の境地」96-98：講談社
若い人が〝自由人〟の生き方を捨てている――「魂の自由人」32-34：光文社
一年で三百六十五個の片づけ方――「誰にも死ぬという任務がある」199-200：徳間書店
「もったいない」の逆の発想――「平和とは非凡な幸運」35-37：講談社
人間は誰でも部分的によく、部分的に悪い――「絶望からの出発」52-54：講談社
「成功した人生」とは？――「悪の認識と死の教え」68-70：青萠堂
幸せの椅子は小さいもの――「魂の自由人」23-24：光文社
幸せは求めると同時に与える義務を負う――「幸せの才能」44-45：海竜社

2章　正しい生き方をしなくてよかった

一人娘の教育法――「悪の認識と死の教え」130-132：青萠堂

人生は同じ状況が決して続かない――「魂の自由人」18‐23・光文社
生きることは厳しいという教育――「ただ一人の個性を創るために」150‐151・ＰＨＰ研究所
「世の中ろくでもない」が私の諦観――「絶望からの出発」31‐32・講談社
私はトラウマをどう切り抜けたか――「最高に笑える人生」32‐34・新潮社
深く悩まないことが楽観主義――「幸せの才能」38‐39・海竜社
人を見るとすぐ悪く考える習性――「ただ一人の個性を創るために」154‐155・ＰＨＰ研究所
悪評があると楽に生きられる――「悪の認識と死の教え」221‐223・青萠堂
「女はよくばり」はどこにあらわれるか――「絶望からの出発」23‐24・講談社
子どもに愛される親とは――「悪の認識と死の教え」133‐134・青萠堂
若い母親が陥る「パーフェクトな子育て」――「絶望からの出発」25‐27・講談社
人間にとって「退屈」は必要である――「近ごろ好きな言葉」109‐112・新潮社
お金は自由になる一つの道具である――「魂の自由人」44‐46・光文社
錨のない船が自由なのではない――「魂の自由人」178‐180・光文社

3章　夫と暮らしてわかること

結婚「しめしめ」の発想――「生きるための闘い」242‐246・小学館
「夫婦別姓論」に思うこと――「安心したがる人々」92‐96・小学館
妻を褒める国と褒めない国――『「受ける」より「与える」ほうが幸いである』225‐229・大和書房
世界中の女性とは異なる夫婦意識――『「受ける」より「与える」ほうが幸いである』213‐217・大和書房
結婚はお金の契約をともなうという素朴な真実――「三秒の感謝」102‐104・海竜社
大学四年で結婚した私の結婚観――「ほんとうの話」7‐9・新潮社
「社会的弱者」の使い道――「生きるための闘い」247‐251・小学館

閑人の人生観――「ただ一人の個性を創るために」58‐59：ＰＨＰ研究所
「まあまあ」は意味深い褒め言葉――「至福の境地」38‐40：講談社
愛について聖書はこんな面白い解釈をしている――「幸せの才能」20‐21：海竜社
妻の居場所――「夫婦、この不思議な関係」112‐116：ワック
夫婦のバランス論――「夫婦、この不思議な関係」196‐198：ワック
夫婦という精神生活――「夫婦、この不思議な関係」290‐291：ワック
結婚式は親の失恋行事――「夫婦、この不思議な関係」313‐314：ワック

4章　女の側の特権と幸福

女性が男性のほおをひっぱたく練習をすべき時代――「哀しさ優しさ香しさ」127‐129：海竜社
セクハラは避けるより闘うもの――「悪と不純の楽しさ」100‐102：ＰＨＰ研究所
「女性のための」という前置きの不思議――「それぞれの山頂物語」34‐36：講談社
体質的に好きになれないフェミニズム運動――「悪と不純の楽しさ」93‐94、96：ＰＨＰ研究所
現実的に女性が社会で強く生きるには――「悪と不純の楽しさ」97‐99：ＰＨＰ研究所
女性のゆとりある人生設計――「人生の収穫」63‐65：河出書房新社
女闘牛士の敵は男性――「七歳のパイロット」119‐121：ＰＨＰ研究所
冒険しないで面白い人生はない――「人生の収穫」112‐114：河出書房新社
家庭の妻に見えてないもの――「ほんとうの話」9‐11：新潮社
女性もどんどん仕事を盗むべき――「悪の認識と死の教え」76‐78：青萠堂
女性の社会進出が少ないもう一つの理由――「酔狂に生きる」66‐67：河出書房新社
女性には経済・国際常識、男性には炊事・洗濯――「悪の認識と死の教え」146‐148：青萠堂
家事は男女同権の大敵――「生きるための闘い」140‐143：小学館

言い合える女友だちという財産――「ほんとうの話」19－22：新潮社

5章　女性にとって老いを生きるとは？

老年の衰えは一つの贈り物――「誰にも死ぬという任務がある」225－226：徳間書店
容貌の衰えは自分が気にするほど他人は気にしていない――「完本・戒老録」141：祥伝社
女性は年をとるほど身なりをくずしてはいけない――「完本・戒老録」141－142：祥伝社
やめたい女性特有の奇妙な表現――「完本・戒老録」34－35：祥伝社
ぼけ防止には旅行と家事がいい理由――「すぐばれるようなやり方で変節してしまう人々」95－98：小学館
老年に必要ないくつかの情熱――「近ごろ好きな言葉」335－336：新潮社
年寄りの一つの悪癖――「完本・戒老録」178－179：祥伝社
死を感じる習慣はこの上ないぜいたく――「悪の認識と死の教え」255－256：青萠堂
死後きれいに何も残さない計算――「平和とは非凡な幸運」16－18：講談社
死が確実な救いになるとき――「誰にも死ぬという任務がある」82－83：徳間書店
離婚する女性は老後の淋しさへの覚悟がいる――「完本・戒老録」119－120：祥伝社
死別は暴力である――「最高に笑える人生」10－13：新潮社
人間にとって老いと死は理不尽なもの――「三秒の感謝」170－172：海竜社
孤独死にも価値がある――「働きたくないものは、食べてはいけない」144－147：ワック
自分の始末の仕方――「完本・戒老録」147－148：祥伝社
私の考える人生の最終目標――「絶望からの出発」22－23：講談社
人生最後の時に「少し悪いこともしてみたくなった」――「近ごろ好きな言葉」395－397：新潮社

★本書は右の出典から、部分的に抜粋しております。なお収録にあたり著者が新たに加筆修正、表記統一したものです。

〈著者紹介〉

曽野綾子（その あやこ）

1931年、東京生まれ。聖心女子大学英文科卒。作家。

1979年、ローマ法王庁よりヴァチカン有功十字勲章受章。1997年、海外邦人宣教者活動援助後援会代表として吉川英治文化賞並びに、読売国際協力賞を受賞。日本芸術院会員。日本文藝家協会理事。1995年〜2005年まで日本財団会長。2009年〜2013年まで日本郵政株式会社・社外取締役を務める。数多くの著作活動の傍ら、世界的な視野で精力的な社会活動を続ける。主な著書に、『無名碑』（講談社）、『神の汚れた手』（朝日新聞社）、『天上の青』（毎日新聞社）、『貧困の光景』（新潮社）、『老いの才覚』（ベスト新書）、『人間の基本』（新潮新書）、『老いの僥倖』（幻冬舎新書）、『夫の後始末』（講談社）、またカトリック神父［尻枝正行、アルフォンス・デーケン、高橋重幸、坂谷豊光］との往復書簡集・四巻、『聖書を読むという快楽』、『旅は私の人生』（ともに小社刊）他、多数。

女《おんな》も好《す》きなことをして死《し》ねばいい

2018年6月14日　第1刷発行
2018年7月30日　第4刷発行

著　者　曽《そ》野《の》綾《あや》子《こ》
発行者　尾嶋四朗
発行所　株式会社 青萠堂
〒162-0808　東京都新宿区天神町13番地
Tel 03-3260-3016
Fax 03-3260-3295
印刷／製本　中央精版印刷株式会社

ISBN978-4-908273-08-7 C0095